SAINT LOUIS

et le crépuscule de la féodalité

RÉGINE PERNOUD

SAINT LOUIS
et le crépuscule de la féodalité

Albin Michel

22, rue Huyghens, 75014 Paris
ISBN 2-226-02483-2

C'est trop peu que tu sois mon serviteur
pour relever les tribus de Jacob et ramener les survivants d'Israël
Je ferai de toi la lumière des nations
pour que mon salut atteigne aux extrémités de la terre.

Saint Lou

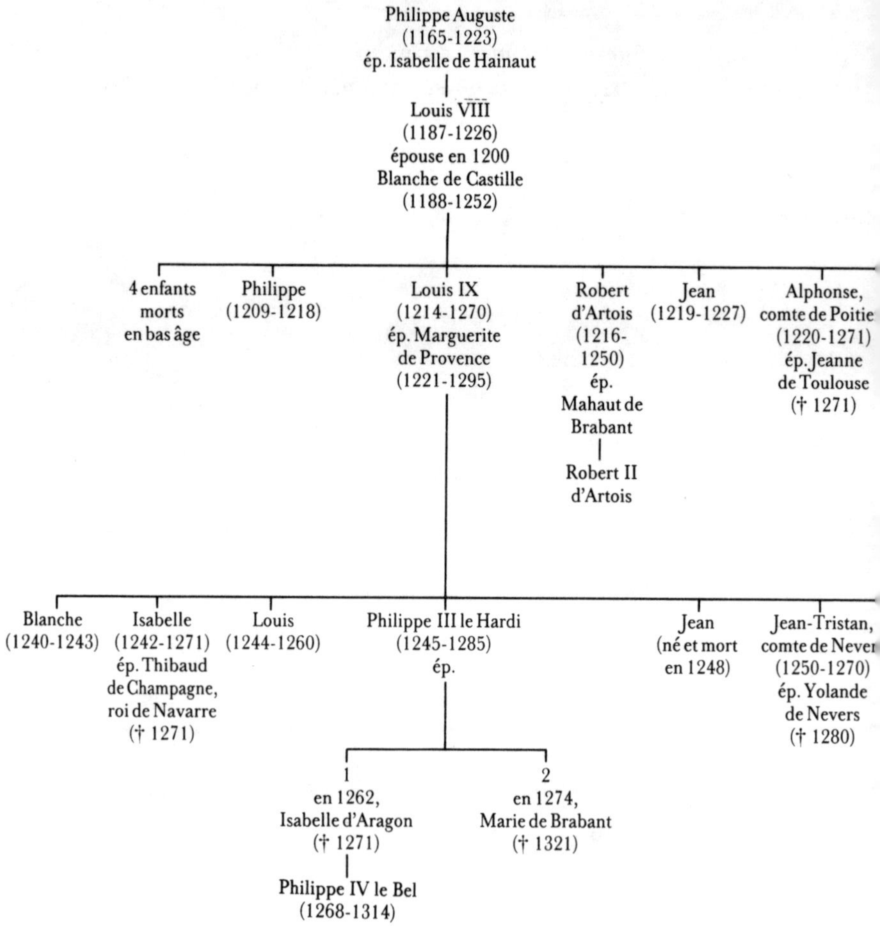

Philippe Auguste
(1165-1223)
ép. Isabelle de Hainaut
Louis VIII
(1187-1226)
épouse en 1200
Blanche de Castille
(1188-1252)
4 enfants
morts
en bas âge
Philippe
(1209-1218)
Louis IX
(1214-1270)
ép. Marguerite
de Provence
(1221-1295)
Robert
d'Artois
(1216-
1250)
ép.
Mahaut de
Brabant
Robert II
d'Artois
Jean
(1219-1227)
Alphonse,
comte de Poitie
(1220-1271)
ép. Jeanne
de Toulouse
(† 1271)
Blanche
(1240-1243)
Isabelle
(1242-1271)
ép. Thibaud
de Champagne,
roi de Navarre
(† 1271)
Louis
(1244-1260)
Philippe III le Hardi
(1245-1285)
ép.
1
en 1262,
Isabelle d'Aragon
(† 1271)
Philippe IV le Bel
(1268-1314)
2
en 1274,
Marie de Brabant
(† 1321)
Jean
(né et mort
en 1248)
Jean-Tristan,
comte de Never
(1250-1270)
ép. Yolande
de Nevers
(† 1280)

sa famille

Philippe-Dagobert
(1222-1235)

Isabelle
(1223-1269)

Étienne
(1225-?)
mort très jeune

Charles,
comte d'Anjou
(1226-1285),
roi de Naples
(1266-1285),
ép. :
1. Béatrice de Provence,
2. Marguerite de Bourgogne

Pierre,
comte d'Alençon
(1251-1284)
ép. Jeanne
de Châtillon
(† 1291)

Blanche
(1253-1323)
ép. Ferdinand
de Castille
(† 1275)

Marguerite
(1254-1271)
ép. Jean
de Brabant

Robert,
comte de Clermont
(1256-1318)
ép. Béatrice
de Bourbon
(† 1310)

Agnès
(1260-1327)
ép. Robert
de Bourgogne
(† 1305)

Au lecteur

Saint Louis est mort de la peste à Tunis lors de la hui-« tième croisade », ainsi s'exprimaient les résumés d'histoire qu'on nous faisait apprendre par cœur dans notre enfance.

Tout était faux dans ce résumé, pas un terme qui n'ait été à rectifier. *Croisade* est un mot moderne — moins récent que cette « Occitanie » dont on nous rebattait les oreilles il n'y a pas si longtemps, à peine plus ancien que « corporation » qui ne date que du XVIIIe siècle. Numéroter huit croisades revient à méconnaître totalement la réalité des faits. Saint Louis n'est pas mort à Tunis, mais à Carthage qui n'a été détruite qu'après son expédition. Enfin il n'est pas mort de la peste ; celle-ci avait fait une brève apparition en Europe au début du VIIIe siècle et n'a plus reparu, avec la violence foudroyante que l'on sait, qu'en 1348.

Reste que le choix de la mort de Saint Louis comme événement clef, comme le moment même d'une profonde mutation historique, se révèle d'une extraordinaire pertinence et d'une surprenante fécondité. La mort du roi devant Carthage : aventure personnelle, mais aussi événement-symbole à l'échelle d'un monde, appelant en écho une multitude d'autres événements, comme la pierre qui tombe à la surface de l'étang et fait se propager en cercles concentriques sans cesse élargis une onde qui va toucher les rivages les plus lointains.

Avec la vie du roi une époque prend fin, un monde même. L'Age féodal se termine, et commence ce qu'on peut à juste titre appeler : Moyen Age, une période de transition, l'enfantement — dans la douleur comme tout enfantement — d'un autre univers, d'un autre mode de penser et d'agir, d'une autre vision de l'homme. La plupart des contemporains en ont eu conscience, mais nous sommes évidemment mieux placés qu'eux, avec le recul du temps, pour apprécier tout ce qui, dans les années qui ont suivi cette mort, allait germer et se développer.

Ainsi peut-on lire comme en filigrane le destin des temps à venir au long du pesant retour de ceux qui avaient accompagné le roi dans cette dernière expédition. Et certes, il y a toujours quelque arbitraire dans ce genre d'interprétation. Du moins était-il tentant de suivre pas à pas leur douloureux itinéraire, lorsqu'ils ramenèrent vers Paris, ou plutôt vers Saint-Denis, les ossements du saint roi, pour méditer, à chaque étape, sur ce qui avait été, et ne sera plus. La durée même et les complications tragiques de l'interminable convoi nous y incitaient.

Peut-être nous reprochera-t-on d'avoir adopté ce fil conducteur qui oblige à une multitude de retours en arrière ; nous répondrons qu'aujourd'hui le cinéma nous a habitués à cette technique du flash-back, qui n'est pas, il est vrai, sans inconvénients.

Mais, outre le cadre chronologique qu'il trouvera à la fin de l'ouvrage, le lecteur pourra se reporter aux excellents travaux qui ont paru récemment sur Saint Louis, ceux de Jean Richard, de Gérard Sivery, de William C. Jordan, ainsi qu'aux fresques d'ensemble de l'ouvrage intitulé *Le Siècle de Saint Louis* ou au *Saint Louis et son* temps, d'Henry-Paul Eydoux, lesquels exposent l'ensemble du règne dans un ordre beaucoup plus logique.

Un vaincu, certes : on l'a déjà dit ; contrairement au héros païen, le héros chrétien est toujours un vaincu ; mais plus fort que ce qui l'abat, placé plus haut, et présent pour les siècles.

« Si vous aviez la foi comme un grain de sénevé, vous diriez à l'arbre que voici : déracine-toi et va te planter dans la mer. » C'est une image qui pourrait parfaitement s'appliquer à Saint Louis, celle du grand arbre planté au milieu de la mer, tout entier animé par la foi qui de ses racines profondes le parcourt jusqu'au bout des rameaux les plus délicats, debout, inébranlable, envers et contre tous les bouleversements, violences, tempêtes et ouragans, demeuré comme un « signe de vie » pour notre temps aussi bien que pour le sien.

25 mars 1985

Chapitre premier

Ô JÉRUSALEM !

LE DERNIER VOYAGE DU ROI SAINT LOUIS
Dernière croisade de Saint Louis
Retour des ossements
ANGLETERRE
MANCHE
Rouen
Seine
St-Den
14 mars 1270
Paris-Vincennes
15 mars 1270
Melun
Sens
27 mars 12
Loire
OCÉAN
ATLANTIQUE
La Rochelle
FRANCE
Bordeaux
Garonne
Nîmes-St Gi
1er juin 12
Toulouse
Montpell
Narbonne
Carcassonne
Perpignan
Ebre
Gérone
Barcelone
ESPAGNE
Tage
Guadalquivir
M—E—R
ALGÉRIE
MAROC

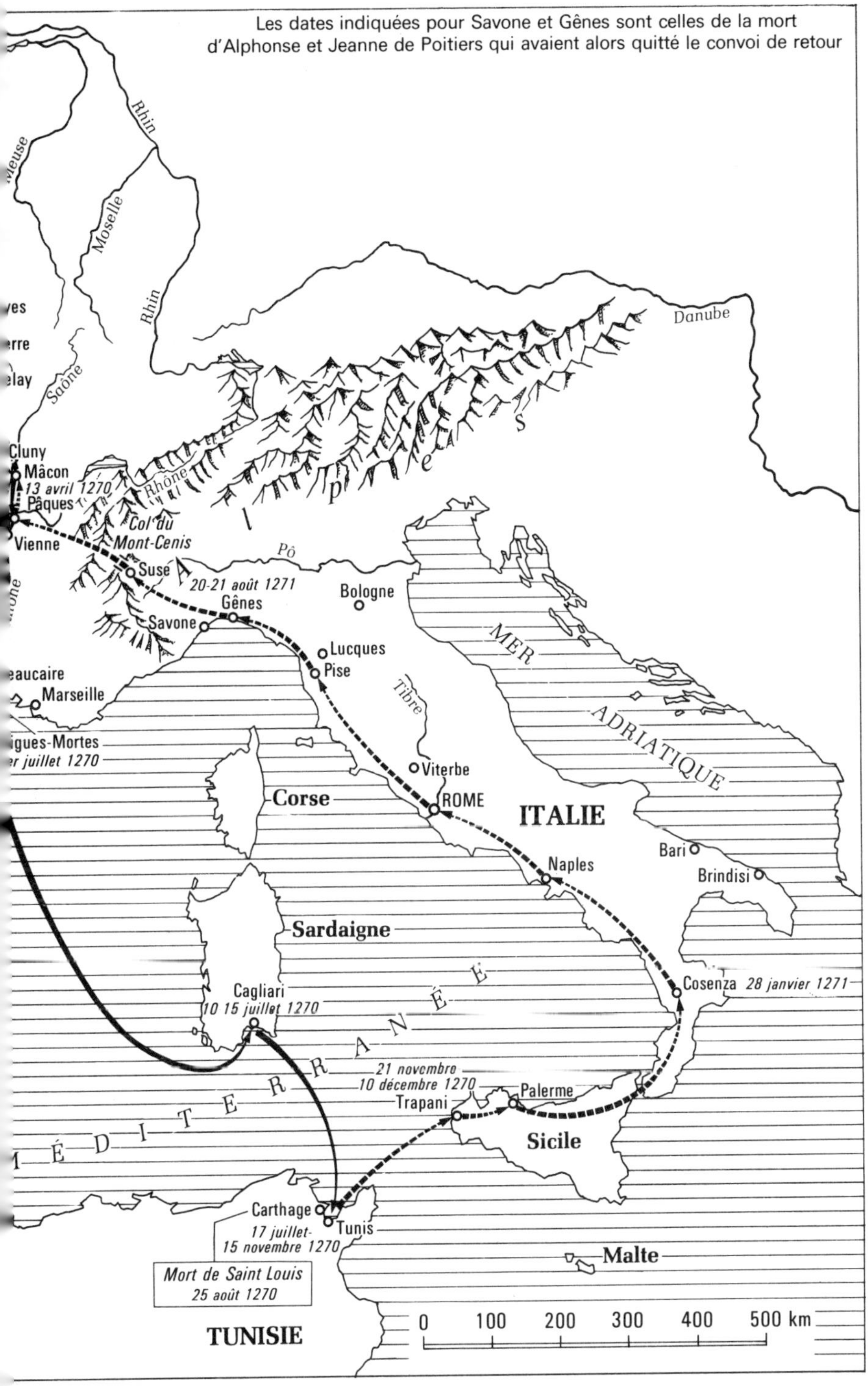

Les dates indiquées pour Savone et Gênes sont celles de la mort d'Alphonse et Jeanne de Poitiers qui avaient alors quitté le convoi de retour
Rhin
Meuse
Moselle
Rhin
Danube
Saône
Cluny
Mâcon
13 avril 1270
Pâques
Rhône
Vienne
Col du Mont-Cenis
Suse
A l p e s
Pô
20-21 août 1271
Gênes
Savone
Bologne
Lucques
Pise
Tibre
Marseille
MER ADRIATIQUE
Viterbe
ROME
ITALIE
Corse
Naples
Bari
Brindisi
Sardaigne
Cagliari
10 15 juillet 1270
Cosenza 28 janvier 1271
M É D I T E R R A N É E
21 novembre
10 décembre 1270
Trapani
Palerme
Sicile
Carthage
Tunis
17 juillet-
15 novembre 1270
Mort de Saint Louis
25 août 1270
Malte
TUNISIE
0 100 200 300 400 500 km

Roi, vous savez que Dieu a peu d'amis
Ni onques mais n'en eut si grand métier (besoin)

Chanson anonyme composée à Acre en 1250 lors de la première expédition de Saint Louis.

Le silence règne dans la tente royale dont le tissu serré protège mal des ardeurs du soleil en cet été torride ; un pan a été relevé qui ne laisse entrer qu'un air moite, irrespirable, où flottent des relents malsains. Le drap du lit défait porte la trace, mouillée de sueur, du corps du malade qu'on vient de déposer à terre, selon sa volonté expresse ; il est étendu dans sa longue chemise de lin sur une mince couche de cendres qui dessine une croix sur le sol ; agenouillé à ses côtés, le frère dominicain Geoffroy de Beaulieu qui, la veille au soir, a reçu une dernière fois sa confession et lui a donné l'Eucharistie.

Le roi Louis IX est à l'agonie ; il ne respire plus que faiblement. La nuit précédente, on l'a entendu soupirer à plusieurs reprises : « O Jérusalem ! O Jérusalem ! » Son fils Pierre d'Alençon, parmi ceux qui l'assistent, a retenu les prières qu'il a murmurées : l'oraison à saint Denis : « Accorde-nous, Seigneur, de mépriser les grandeurs de ce monde et de ne craindre aucune adversité » ; et encore : « Sois, Seigneur, pour ton peuple, Celui qui sanctifie et qui garde » ; il l'a aussi entendu invoquer saint Jacques et sainte Geneviève. Quelque temps ensuite, le roi a paru somnoler.

L'atmosphère s'est faite plus lourde autour de lui, dans le camp retranché de Carthage, où les plus valides s'emploient à creuser les tombes et à ensevelir les morts, sous le soleil implacable qui fait monter du lac de Tunis, d'un bleu d'étain, des vapeurs lourdes et de puantes exhalaisons ; tandis qu'à l'horizon se profilent les hauteurs jumelles du mont Bou Kornin, rappelant, bien loin de là, les Cornes de Hãttin, la montagne maléfique telle qu'on l'aperçoit des bords du lac de Tibériade où, un siècle plus tôt, avait été anéantie l'armée du royaume latin de Jérusalem et perdue la Vraie Croix, avant que les chrétiens ne perdent la Ville sainte. De temps à autre s'élève un cri dans la campagne : signal d'alarme lors d'une menace de l'ennemi ; il est partout, dissimulé derrière un repli de colline ou dans une crique au long de la baie. A moins que ce ne soit le dernier appel d'un de ces mourants que l'armée compte par centaines.

Vers midi, le roi semble s'éveiller. Son gendre Thibaud de Champagne, penché vers lui, l'entend murmurer dans un souffle : « *Introibo in domum tuam...* J'entrerai dans ta maison, Seigneur ; j'adorerai en ton temple saint et confesserai ton nom » — le psaume cinquième que le roi a si souvent récité à l'office de Laudes.

Quelque temps encore, et Geoffroy de Beaulieu, qui ne le quitte pas et écoute avidement, recueille ses dernières paroles : « Père, je remets mon âme entre tes mains. » « Cela dit, il s'endormit dans le Seigneur. »

Il est environ trois heures de l'après-midi. L'heure à laquelle les mêmes mots furent prononcés sur le Golgotha.

« Jamais en toute notre vie nous n'avons vu fin si sainte ni si dévote, chez un homme du siècle, ni chez un homme de religion », devait écrire Thibaud de Champagne, racontant la mort du roi au légat Eudes de Châteauroux.

Cette journée du lundi 25 août 1270 n'allait pourtant pas se terminer sans un coup de théâtre : l'arrivée dans la rade de Tunis du plus jeune frère du roi, Charles d'Anjou, roi de Sicile.

« Comme le roi de Sicile prenait son port *(débarquait),* il s'émerveilla moult pourquoi les gens de l'ost *(armée)* étaient si mats et si pesants *(silencieux et tristes),* car à l'heure qu'il sortit de son navire, son frère mit hors l'esprit à Dieu. Et il demanda à quelques-uns ce que ce pouvait être. Et il lui fut dit que son frère, le roi de France, se mourait et qu'il se hâtât tôt, et qu'on ne croyait point qu'il le pût trouver en vie. Quand le roi de Sicile entendit la nouvelle, il se pourpensa *(il réfléchit)* et avertit que s'il faisait semblant de douleur et de tristesse, la compagnie de l'ost s'en pourrait trop fortement émouvoir et épouvanter, et tomber en désespérance ; et si les Sarrasins s'en apercevaient, cela leur donnerait matière *(occasion)* d'assaillir ; pour cette chose, il fit la meilleure chère et la plus liée *(gaie)* à ceux qu'il rencontra et vint aussi gaiement vers l'ost comme s'il venait à une noce. Et se hâta moult de venir à son frère ; il le trouva tout chaud car son esprit était tout maintenant issu *(il venait de perdre l'âme).* Aussitôt qu'il vit son frère mort, il se mit à genoux et pria Notre Seigneur qu'il eût l'âme de lui. Et lui coururent les larmes des yeux. Alors se pourpensa que c'est nature de femme de pleurer. Il se dressa et regarda autour de lui tout aussi fermement que s'il ne lui en fût rien. » C'est ainsi que les *Grandes Chroniques de France* racontent la scène.

Le rédacteur insiste donc surtout sur cette maîtrise de soi qui caractérise le roi de Sicile, attentif à ne rien laisser voir de sa surprise ni de sa douleur, de peur d'affaiblir le moral de l'armée, de provoquer peut-être panique ou désespoir parmi ces gens dont il a aussitôt senti combien ils étaient affaiblis et découragés, conscient aussi de l'avantage que ne manqueraient d'en prendre les ennemis qui, à Carthage même, et plus loin, derrière les murailles de Tunis, guettent tout signe de défaillance. Le récit de Pierre de Condé, écrivant au trésorier de Saint-Frambourg de Senlis, rapporte la scène telle qu'ont pu la voir les quelques intimes du roi rassemblés sous sa tente : « Apprenez que notre roi Louis, de très fidèle mémoire, est mort lundi matin, jour (en réalité : lendemain) de la Saint-Barthélemy, vers la neuvième heure (trois heures de l'après-midi). Le roi de Sicile est arrivé à la même heure et n'a pu parler à son frère qui avait déjà rendu l'âme lorsqu'il est venu dans son camp. Le trouvant mort, il s'est jeté en pleurant amèrement à ses pieds. Après avoir fait une prière, comme l'attestent ceux qui étaient présents, il s'est écrié en versant un torrent de larmes : “ Mon Seigneur ! Mon frère ! ” et il lui a baisé les pieds. »

Restait au roi de Sicile le lourd devoir de prendre en main la suite des événements et d'assumer les responsabilités qui s'imposaient. Une armée décimée par l'épidémie qui sévissait, sur une terre hostile, sous un soleil torride, dans une atmosphère épuisante qui mine les énergies. Il ne fallait pas moins que son sang-froid et le courage que tous lui ont reconnu, contemporains ou historiens des siècles suivants, pour supporter une épreuve aussi redoutable à tous égards et se montrer à la hauteur de la situation.

Comment le roi de France et son armée en étaient-ils venus à pareille extrémité ? Ici s'impose un retour en arrière sur les conditions qui avaient décidé Saint Louis à prendre le départ pour une nouvelle expédition outre-mer et les événements qui avaient précédé sa mort.

Le roi Louis n'avait jamais pris son parti de la perte de Jérusalem pour les chrétiens. Joinville a conté comment il avait refusé de s'y rendre en pèlerinage, imitant en cela — exemple insolite, mais bien caractéristique — celui qui était son grand-oncle, Richard Cœur de Lion, roi d'Angleterre : « Tandis que le roi Louis était à Jaffa, écrit le chroniqueur, on lui dit que le soudan de Damas lui permettrait bien d'aller à Jérusalem, et avec un bon sauf-conduit. Le roi en tint grand conseil et le résultat du conseil fut tel que nul n'engagea le roi à y aller puisqu'il eût fallu qu'il laissât la cité aux mains des Sarrasins. L'on en montra au roi des exemples... » Et de raconter comment le roi Richard d'Angleterre était en vue de Jérusalem : « Un de ses chevaliers lui cria : " Sire, Sire, venez jusqu'ici et je vous montrerai Jérusalem ", et quand il ouït cela, il jeta sa cotte d'armes devant ses yeux tout en pleurant et dit à Notre Seigneur : " Beau sire Dieu, je te prie que tu ne souffres pas que je voie ta sainte Cité, puisque je ne la peux délivrer des mains de tes ennemis. " On montra cet exemple au roi Louis pour ce que, si, lui qui était le plus grand roi des chrétiens, faisait son pèlerinage sans délivrer la cité des ennemis de Dieu, tous les autres rois et les autres pèlerins qui viendraient après lui se tiendraient tous pour contents de faire leur pèlerinage ainsi que le roi de France l'aurait fait et ne s'inquiéteraient pas de la délivrance de Jérusalem. » Louis IX s'était donc contenté d'accomplir le pèlerinage de Nazareth au jour de la fête de l'Annonciation, le 25 mars 1251. Les années qu'il avait passées en Palestine lui avaient permis de relever les fortifications de villes comme Césarée, de ranimer aussi le courage des barons qui défendaient le Royaume latin et de rétablir un peu d'ordre et d'entente parmi les populations ; mais il considérait son vœu comme inachevé et suivait avec attention tous les événements de Syrie et d'Égypte, sans oublier ceux qui avaient fait irruption dans le monde de l'Islam, les « Tartares », autrement dit les Mongols, aussi terrifiants pour les musulmans que pour les Occidentaux.

On ne semble pas avoir été autrement surpris lorsque, en 1267, au matin de l'Annonciation, le 25 mars, Louis IX se fait apporter à la Sainte-Chapelle de Paris les reliques de la Vraie Croix, et prend solennellement la croix devant ses barons qu'il a convoqués pour la circonstance. Ses trois fils présents l'imitent : Philippe à qui le royaume est promis, Jean-Tristan et Pierre qui, pour l'histoire, sera Pierre d'Alençon ; ces deux derniers sont l'un et l'autre nés en Terre sainte, Tristan à Damiette et Pierre en ce château d'Athlit qui subsiste aujourd'hui ; un autre de ses proches allait aussi prendre la croix, le jeune comte d'Artois, Robert, fils de celui qui avait trouvé la mort à la Mansourah, dix-sept ans auparavant. Après eux, beaucoup s'avancèrent pour prononcer également le vœu ; entre autres Thibaud de Champagne qui avait épousé une des filles du roi, Isabelle, les comtes d'Eu, de Bretagne, de la Marche, de Saint-Pol, beaucoup d'autres encore ; le nombre des croisés allait croître lors des fêtes qu'allait donner le roi Louis le 5 juin suivant, jour de la Pentecôte, à l'occasion de l'adoubement de Philippe ; ainsi a-t-on nommé le comte de Dreux, l'archevêque Eudes Rigaud bien connu par ailleurs, parmi ceux qui faisaient vœu de passer la mer pour tenter de reprendre les lieux saints. La prédication était désormais officiellement commencée et le pape avait donné pour cela tout pouvoir au légat,

Simon de Brie ; celui-ci ne pouvait savoir qu'il serait un jour appelé à mener la première enquête sur les miracles attribués à l'intercession du roi Louis, en 1272 ; du reste, dès l'année suivante, il allait être remplacé comme prédicateur de la croisade par Raoul Grosparmi, cardinal évêque d'Albano. Son confesseur Geoffroy de Beaulieu porte le témoignage de ce que le roi voyait pour lui-même dans cette expédition un dépassement : les souvenirs de la précédente étaient assez proches : les souffrances de l'armée sur les rives du Nil, la mort de son frère, l'exténuante retraite, et pour finir les prisons sarrasines ; tout cela datait de moins de vingt ans ; aussi bien son compagnon le plus familier, le cher sire de Joinville, se refusait-il à « recommencer nouvelle histoire », comme Rutebeuf y exhortait les barons dans sa *Complainte d'outre-mer,* et le roi avait en vain usé de toutes sortes d'arguments pour le convaincre. Sans qu'on puisse avancer expressément que ce dernier a cherché le martyre, comme le fera plus tard Raymond Lulle, il semble certain qu'il voulut « accomplir pour l'amour de Dieu une œuvre pénible et fléchir de la sorte la miséricorde divine », selon l'expression de son confesseur, pour tenter de remédier aux désordres de toutes sortes qui affligeaient la « Sainte Terre ».

Ce qui ne l'empêchait pas de préparer avec soin le départ envisagé, comme il l'avait fait la première fois — peut-être même avec plus de soin encore, comme l'a fait remarquer l'historien américain William C. Jordan, qui a mis en valeur le but de la croisade dans la vie du roi. En premier lieu vient le souci de réparer les torts dont ses sujets ont pu être victimes ; d'où l'envoi de nouvelles enquêtes dans son royaume ; on a conservé quelques fragments de celle qui fut faite dans le bailliage de Vermandois en 1269.

Il fallait aussi assurer le financement de l'expédition.

On sait, toujours par Geoffroy de Beaulieu, que dès l'année précédente, 1266, Louis s'était préoccupé de restreindre son train de vie pour mettre de côté les sommes nécessaires à la prise en charge d'hommes d'armes ; de son côté, son frère Alphonse de Poitiers agissait de même dans ses États, faisant abattre des forêts pour vendre des coupes de bois, taxant aussi bien les églises que les usuriers juifs, levant un impôt par feu, etc.

Le pape avait promis au roi la levée d'une dîme pendant trois ans — en fait le dixième des revenus ecclésiastiques du royaume de France ; ailleurs, dans les autres pays de la chrétienté, un vingtième — mesures d'ailleurs fort mal reçues mais qui n'en furent pas moins imposées. Le roi prenait à sa charge les frais de plusieurs de ses barons, ainsi le connétable de Champagne, Érard de Valéry, ou Raoul de Nesle, cependant que le pape se préoccupait de lancer un appel aux autres princes de la chrétienté, au roi d'Arménie, aux barons de Terre sainte et même à l'empereur Michel Paléologue qui venait de reconquérir Constantinople sur les Occidentaux. Il reçut d'ailleurs des réponses favorables d'Angleterre où le fils aîné du roi, Édouard, allait prendre la croix le 24 juin 1268, ainsi que son frère Edmond et son neveu Henri d'Allemagne, fils de Richard de Cornouailles. En revanche, Jaime Ier d'Aragon, s'il prit la croix lui aussi, n'attendit pas les préparatifs du roi de France et, au lieu de se joindre à son expédition, s'embarqua dès 1269. Sa flotte fut à demi détruite par une tempête, si bien qu'il regagna ses États, laissant ses deux fils bâtards qu'il avait emmenés poursuivre jusqu'à Acre.

Celui dont on attendait un apport capital était évidemment le roi de Sicile Charles d'Anjou. Il fallut pourtant plusieurs ambassades pour le convaincre. Il est certain cependant que, dès la date de juillet 1269, il donnait l'ordre de mettre en état tous les navires dont il pouvait disposer pour se joindre à la flotte que le roi de France entendait envoyer au mois de juin 1270.

Cette flotte avait été l'un des soucis majeurs de Louis IX ; en 1268, il s'était adressé aux Vénitiens qui avaient offert de mettre trois grosses nefs : la *Sainte-Marie,* la *Roccaforte,* le *Saint-Nicolas,* à la disposition du roi, ainsi que sept autres plus petites et cinq qui devaient être fournies par des citoyens de Venise à titre privé. Ils réclamaient une somme de 1 200 marcs pour les gros navires et exigeaient que l'embarquement eût lieu à Venise même ; ce qui ne pouvait manquer de soulever quelques mauvais souvenirs. On sait comment, au début du siècle, les croisés ne pouvant payer la somme exigée par les Vénitiens étaient en fait devenus l'armée de la Sérénissime, qui avait employé leurs forces d'abord contre la cité de Zara, puis contre Constantinople même.

Les tractations furent donc rompues et Louis IX s'adressa à Gênes et à Marseille. Dans cette dernière ville on proposait 800 marcs d'argent pour le transport de mille passagers. A Gênes, ses envoyés traitèrent avec plusieurs armateurs, les uns fournissant deux nefs pour une somme de 14 000 livres tournois, d'autres quatre, d'autres des bâtiments de moindre tonnage — toute une commande qui allait, dans les chantiers de San Pier d'Arena, provoquer une activité renouvelée, tandis que par ailleurs on complétait ces constructions nouvelles en louant des nefs déjà existantes, à grand renfort de contrats qui détaillaient la nature de chaque navire, et les mâts et les voiles dont ils devaient être munis, les étables à prévoir pour le transport des chevaux, etc., ainsi que les barques et vaisseaux divers pour accoster dans les ports, et le nombre des mariniers devant assurer le service. Un seigneur picard, Florent de Varennes, fut placé à la tête de la future flotte et nommé amiral.

Combien de croisés a pu réunir l'expédition ? L'historien Jean Richard nous fait part à la fois des perplexités de ses prédécesseurs et des informations les plus sûres réunies à ce sujet ; mais on se heurte ici aux difficultés habituelles des textes du temps lorsqu'il s'agit de chiffres et d'estimations chiffrées. Si l'on refuse de se contenter de ce qu'affirme Gérard de Montréal : « De gens de mer il eut une grande flotte et beaucoup de monde », ou d'accepter les évaluations extravagantes des chroniqueurs musulmans dont l'un parle de quarante mille cavaliers, cent mille archers, un million de gens de pied (Ibn Khaldoun est plus près de la vérité en parlant de six mille cavaliers, et trente mille gens de pied), on a le choix entre des données qui comportent elles aussi bien des éléments arbitraires : celles de Ferdinand Lot, lequel n'admet jamais que des effectifs dérisoires et parle de dix mille participants, tandis que Michel Mollat, eu égard à la capacité des navires décrits, porte ce chiffre à quinze mille combattants ou environ. Mais comme Jean Richard le fait remarquer, il y avait d'autre part des croisés des Pays-Bas, des gens de Frise et d'Écosse, sans parler des Anglais d'Édouard Ier et des Siciliens de Charles d'Anjou. Au total donc, si l'on peut penser que l'enthousiasme pour l'expédition de Terre sainte a quelque peu décliné dans la chrétienté depuis le milieu du siècle, du moins doit-on conclure que l'exemple du roi de France et sa conviction personnelle ont entraîné une armée très valable, suffisante en tout cas pour semer l'épouvante sur les rivages d'Égypte où le sultan Baïbars, nous le verrons, a déployé une grande activité pour faire face aux combats qu'il prévoyait.

Le départ de la flotte était fixé au mois de mai 1270, ce qui assurait des conditions climatiques favorables. Les armateurs génois s'étaient engagés à amener leurs navires à Aigues-Mortes, où était prévu le rassemblement, vers le 8 ou 10 mai. La chrétienté était en paix ; les arbitrages de Louis avaient porté leurs fruits ; que ce soit vers la Flandre ou vers l'Angleterre, aucune hostilité désormais à redouter. En Allemagne où régnait un Plantagenêt, Richard de Cornouailles, rien à craindre non plus ; et même en Aragon où la politique de Charles d'Anjou et sa mainmise sur la Sicile avaient éveillé des jalousies, le départ des deux fils de Jaime Ier vers la Terre sainte laissait entendre que, provisoirement au moins, celles-ci s'effaceraient devant la grande entreprise de la chrétienté.

Louis IX, lors de sa première expédition, avait emmené son épouse, Marguerite de Provence, mais elle avait alors vingt-six ans. En 1270, elle en avait quarante-huit et se trouvait probablement peu disposée à affronter des épreuves qui ne l'avaient pas ménagée la première fois. Allait-elle exercer le pouvoir en l'absence de son époux ? Il se peut bien que, comme sa propre mère, Louis ait été peu disposé à faire confiance à Marguerite en ce qui concernait le soin et l'administration du royaume ; il savait qu'elle ne manquerait aucune occasion de manifester son hostilité à Charles d'Anjou qu'elle détestait ; et celui-ci de son côté semblait peu pressé de lui verser les sommes qui lui étaient dues en exécution du testament de Raimond Bérenger, comte de Provence, père de Marguerite et aussi de sa propre épouse, Béatrice, qui lui avait apporté en dot la Provence. Le roi jugea préférable d'instituer une sorte de conseil de régence : il confiait à l'abbé de Saint-Denis, Mathieu de Vendôme, et au sire de Nesle, Simon de Clermont, ses deux conseillers les plus proches « la garde, la défense et l'administration du royaume » symbolisées par un sceau dont l'inscription portait : « Sceau de Louis, par la grâce de Dieu roi des Français, se trouvant *in partibus transmarinis,* outre-mer » ; et comme il fallait tout prévoir, des suppléants étaient désignés au cas où l'un ou l'autre mourrait : Philippe de Chaource, évêque d'Évreux, Jean de Nesle, comte de Ponthieu. Enfin le roi faisait choix de quatre exécuteurs testamentaires au cas où lui-même mourrait : Étienne Tempier, évêque de Paris, l'abbé de Royaumont et deux autres clercs, Jean de Troyes et Henri de Vézelay.

Enfin Louis IX avait fait son testament ; celui-ci commence par un legs à la reine Marguerite, une somme de 4 000 livres en plus de son domaine personnel ; le roi prescrit à son fils aîné, qui doit hériter de la couronne, de remettre à ses jeunes frères Jean, Pierre et celui qui reste en France, Robert, les apanages qu'il leur a constitués : le Valois pour Jean qui déjà, en 1266, à seize ans, a épousé Yolande de Nevers ; le comté d'Alençon et du Perche pour Pierre et pour Robert le comté de Clermont. Il mentionne aussi le montant de la dot qu'il destine à sa plus jeune fille Agnès, la dernière-née du couple royal : elle a dix ans au moment où son père s'éloigne.

Mais il est hors de doute que le legs le plus important aux yeux du roi n'est pas là. A la même époque en effet, croit-on, il a rédigé les *Enseignements* à son fils et ceux destinés à sa fille Isabelle, la reine de Navarre, épouse de Thibaud. C'est évidemment le meilleur de lui-même qu'il leur transmet à l'un et à l'autre, au moment du départ dans lequel il pressent sa mort prochaine. Les *Enseignements* nous ont été transmis par Guillaume de Saint-Pathus et, dans une version légèrement plus courte, par Geoffroy de Beaulieu, confesseur du roi. Joinville a repris pour sa part cette dernière rédaction. « Beau fils, la première chose que je t'enseigne, c'est que tu mettes ton cœur à aimer Dieu, car sans cela nul ne peut être sauvé. Garde-toi de faire chose qui déplaise à Dieu... Si Dieu t'envoie l'adversité, reçois-la en patience et rends-en grâce à Notre Seigneur, et pense que tu l'as mérité et qu'Il te tournera tout à profit. S'Il te donne la prospérité, alors remercie L'en humblement... Confesse-toi souvent..., écoute le service de la Sainte Église dévotement et sans bavarder, mais prie Dieu et de cœur et de bouche, spécialement à la messe, où se fait la consécration... Aie le cœur doux et compatissant aux pauvres, aux malheureux et aux affligés... Pour rendre la justice et faire droit, sois loyal et roide à tes sujets, sans tourner à droite ni à gauche, mais droit devant ; et soutiens la querelle du pauvre jusqu'à tant que la vérité soit déclarée... »

On a remarqué qu'il parlait volontiers de justice à son fils, et à sa fille, d'amour... Son vœu le plus cher pour l'un et pour l'autre : « Que Dieu te donne la grâce de faire toujours Sa volonté, de sorte qu'Il soit honoré par toi et que toi et moi nous puissions après cette vie mortelle être ensemble avec Lui et Le louer sans fin. »

Le 14 mars 1270, le roi se rend à Saint-Denis pour recevoir le bourdon de pèlerin et prendre, selon le geste traditionnel des rois de France lorsqu'ils partent en expédition, l'oriflamme déposée sur l'autel de l'abbaye. Le 15, il quitte le palais et se rend pieds nus jusqu'à Notre-Dame ; ensuite, il gagne le château de Vincennes ; jusqu'alors il a été accompagné par son épouse ; c'est là, à Vincennes, qu'il lui fait ses adieux et que la reine Marguerite le laisse seul courir sa destinée dernière.

Louis IX allait ensuite gagner assez lentement sa cité d'Aigues-Mortes. Chaque étape de son voyage est l'occasion de voir son peuple, et, pour lui-même et les trois fils qui l'accompagnent, de marquer ainsi son lien personnel avec ses sujets. L'itinéraire comporte des arrêts à Villeneuve-Saint-Georges, Melun, Sens le 27 mars, Auxerre,

Vézelay, Cluny où il passe quatre jours pour les fêtes de Pâques, Mâcon, Lyon, Vienne et Beaucaire où il franchit le Rhône. A Aigues-Mortes il retrouve Thibaud de Champagne, roi de Navarre. On imagine la petite cité toute bruissante de foule et les tentes des nouveaux arrivants se multipliant aux alentours.

Les vaisseaux, eux, manquent à l'appel ; cinq sur sept des nefs génoises sont prêtes, les autres n'ont pu être achevées en temps voulu. On fait valoir au roi que les délais pour leur construction ont été bien courts. Le roi renonça aux indemnités fixées en cas de retard et on dut se résigner à ne voir arriver les nefs que vers le 25 juin : six semaines avaient été ainsi perdues — des semaines précieuses, car l'époque de la navigation avait été judicieusement choisie entre le moment des tempêtes en Méditerranée et celui des fortes chaleurs : première difficulté qui allait en amener d'autres, lourdes de conséquences.

Le roi s'était rendu à Saint-Gilles pour les fêtes de Pentecôte ; plusieurs barons en avaient fait autant, se dispersant parmi les abbayes méridionales. Mais à Aigues-Mortes et aux proches alentours, l'excès de population énervée par l'attente eut de fâcheuses conséquences. Catalans et Provençaux s'opposèrent aux Français ; il y eut des disputes, puis des rixes qui finirent par dégénérer en bataille rangée ; on compta une centaine de morts. Le roi revenu en hâte fit pendre les principaux coupables. Il était lui-même très inquiet de ce retard qui minait tous ses plans ; le lieu assigné à l'ensemble des barons pour le rendez-vous général était la rade de Cagliari en Sardaigne. Ce n'est que le 1er juillet, après les quelques jours nécessaires à l'embarquement des troupes, des chevaux et des vivres, que Saint Louis, ayant assisté à la messe à l'aube, dans l'église Notre-Dame-du-Sablon, qui existe encore, prit pied sur sa nef, la *Montjoie*. Le lendemain, l'ensemble de la flotte faisait voile vers la Sardaigne.

La mer était mauvaise ; la traversée fut plus longue que prévu : six jours, et la flotte s'était dispersée. Cependant, les vaisseaux jetaient l'ancre devant Cagliari le 10 juillet et, deux jours plus tard, la flotte se trouvait plus ou moins regroupée ; mais déjà il y avait une centaine de malades, sans parler de quelques chevaux perdus au cours de la tempête. Florent de Varennes, l'amiral désigné par le roi, alla parlementer avec les autorités dans la cité de Cagliari ; ses pourparlers furent décevants. Les Sardes étaient alliés aux Pisans, lesquels détestaient les Génois qui formaient la plus grande partie des équipages. Le roi de France insista et, finalement, plutôt que de recevoir les vingt tonneaux de bon vin qu'on lui offrait, demanda aux gens de Cagliari de recevoir les malades et de bien les traiter ; mais en fait de ravitaillement, ils ne purent fournir que des légumes et de l'eau et encore à un prix très élevé. Ils étaient pauvres et aucunement portés à la bienveillance.

Le 13 juillet le roi tenait conseil et révélait le but immédiat de l'expédition : Tunis. Un étonnement certain se manifesta parmi les assistants ; il fallut que le cardinal d'Albano, le légat, les rassurât en leur démontrant qu'ils accomplissaient leur vœu en abordant cette base de départ ; mais ce n'est encore rien auprès de l'étonnement suscité parmi les historiens. En fait, ils n'ont guère cessé de discuter à propos du choix de ce rendez-vous. La « Voie de Tunes », selon l'expression de Rutebeuf, allait longuement faire problème.

Longtemps il a été de tradition parmi les historiens occidentaux d'accuser Charles d'Anjou de « détournement de la croisade » à son profit : il aurait souhaité se venger de l'émir qui avait accueilli les partisans de Manfred et des Hohenstaufen auxquels il s'était substitué en Sicile ; de plus, l'émir refusait depuis 1266 de payer le tribut annuel auquel il s'était engagé en compensation des blés de Sicile achetés régulièrement par les marchands tunisiens. D'autre part, Charles d'Anjou aurait été en rapport avec le sultan d'Égypte et aurait voulu détourner son frère de s'attaquer à lui.

Les deux derniers et remarquables historiens de Saint Louis, Jean Richard et Gérard Sivery, ont fait justice de ces accusations dont déjà l'érudit allemand Richard Sternfeld avait démontré la fausseté : on ne voit pas que Charles d'Anjou ait été lui-même au courant du programme que méditait Louis avant le mois de juillet 1270. Et au moment où son frère, le roi de France, prépare l'expédition, lui-même est surtout préoccupé de reconquérir l'empire de Constantinople d'où les Latins ont été expulsés par l'empereur grec Michel Paléologue en 1261. L'entreprise de son frère le gênait plutôt car celui-ci s'opposait à toute attaque sur Constantinople et ne souhaitait que favoriser l'union entre les deux Églises orthodoxe et romaine. Or, Michel Paléologue semblait disposé à la favoriser. Par ailleurs, Charles avait déjà noué des négociations avec l'émir de Tunis, comme l'indique l'une des précieuses lettres écrites par Pierre de Condé, qui faisait partie de l'escorte de Louis IX : « Je vous ai déjà écrit, si je m'en souviens bien, dit-il à son correspondant l'abbé de Saint-Denis, qu'au commencement de la guerre le roi de Sicile avait prié les barons de ne rien entreprendre contre le roi de Tunis jusqu'à ce qu'ils eussent de ses nouvelles ; c'était sans doute parce qu'il était déjà question de paix entre les deux rois et du rétablissement du tribut dû par le roi de Tunis. J'en ai depuis acquis la certitude par un chevalier du roi de Sicile qui a été deux fois envoyé au roi de Tunis pour ce sujet. La négociation en était venue au point que le roi de Tunis consentait à payer tribut au roi de Sicile pour le temps de son règne ; mais le roi de Sicile demandait des arrérages dus depuis le temps de Manfred et de Frédéric. La négociation durait encore quand notre armée entra dans le royaume de Tunis. C'est pour cela que le roi de Sicile écrivit à nos barons, comme je viens de vous le dire. »

Jean Longnon a bien dégagé les préoccupations de Charles d'Anjou en ces années cruciales en étudiant tour à tour le texte du message que Saint Louis adressait à son frère, aux premiers jours de mai 1267, dont l'original est conservé à Paris aux Archives nationales, et celui d'un traité que le même érudit a eu la bonne fortune de retrouver aux Archives des Bouches-du-Rhône, concernant un accord conclu au même moment avec les Villehardouin ; il est évident que le plus jeune frère du roi de France avait pour visée essentielle la couronne de Constantinople, à laquelle, dès ce temps, il eût volontiers ajouté celle de Jérusalem, tandis que ses litiges personnels avec le sultan de Tunis étaient réglés ou en passe de l'être.

En fait, le sort des Lieux saints de Palestine a toujours dépendu de l'Égypte ; cela, les rois de Jérusalem n'avaient pas tardé à s'en rendre compte ; et bien des siècles après eux, on devait encore éprouver combien le sort de Jérusalem dépend des bonnes dispositions du Caire : situation qu'on peut juger à peu près immuable à travers les temps.

Louis IX le savait et n'avait pas hésité, lors de sa première expédition, à se diriger d'abord contre les rivages égyptiens, en prenant l'île de Chypre comme base de départ. Réitérer la même stratégie avec le même long hivernage dans une île où l'ardeur de ses troupes s'était quelque peu émoussée eût été peu raisonnable. Par ailleurs, ses préparatifs, avec la flotte importante et robuste qu'il a fait construire, montrent qu'il a l'intention d'affronter une longue navigation. Son frère étant maître de la Sicile et entretenant les meilleurs rapports avec cette péninsule de Morée où sont installés les descendants des Villehardouin depuis plus d'une génération, le projet d'une Méditerranée enfin propice aux Occidentaux pouvait lui paraître souhaitable : cette même Méditerranée où les écrivains arabes déclaraient un siècle plus tôt que les chrétiens ne pouvaient plus « faire flotter une planche » ! Telle est aussi l'opinion de William C. Jordan qui montre de quelle importance eût été la maîtrise de la mer pour les « Francs ».

Enfin des rumeurs insistantes couraient sur les bonnes dispositions de l'émir de Tunis. Jean Richard, avec sa profonde connaissance de l'histoire du Proche-Orient, fait un exposé de la situation qui donne raison aux projets du roi de France. L'émir de Tunis Mohammed est un Hafside qui « n'entretient pas les meilleures relations avec les Mamelouks » d'Égypte ; il s'est fait reconnaître par les autorités de La Mecque comme le légitime héritier des califes abbassides dont les derniers descendants sont tombés sous les coups des Mongols, et a pris alors le nom qu'il porte, Al-Mustansir-Billāh ; il est désormais le « commandeur des croyants » ; ce qui ne manque pas de lui valoir quelque jalousie parmi ceux qui se réclament de Saladin.

D'autre part, les rivages africains de Tunisie, d'Algérie, du Maroc sont en rapport régulier avec les négociants italiens ou provençaux ; les marchands de Marseille se retrouvent à Bougie en particulier. Plus encore, les fils de saint François ont d'abord exercé leur apostolat dans ces régions où a coulé le sang de leurs premiers martyrs ; un peu plus tard un Raymond Lulle, lui, viendra par deux fois pour y prêcher en arabe et finalement y mourir. Or le confesseur du roi Louis, Geoffroy de Beaulieu, nous fait part des bruits qui couraient sur les intentions de l'émir Al-Mustansir : il aurait laissé entendre qu'il se convertirait volontiers à la foi chrétienne pourvu qu'il soit soutenu — pour parer aux réactions des populations musulmanes — par une force armée.

Enfin d'un point de vue plus pratique, on savait que la cité de Tunis n'était pourvue ni de fortifications ni de garnisons importantes. Elle pouvait donc fournir une excellente base de rassemblement et de départ pour sillonner ensuite la Méditerranée. L'échec que venait de subir le roi d'Aragon devant les côtes de Syrie achevait de convaincre de ce qu'on ne pouvait envisager d'attaquer de front les rivages de Palestine.

Ainsi peut-on résumer les raisons qui firent prendre cette décision, le 13 juillet 1270, et recueillir l'approbation des barons de France. Ajoutons, à la suite de Gérard Sivery, qu'il se peut bien que les dispositions de l'émir aient été favorables, mais qu'il ait pris peur à l'arrivée d'une flotte aussi importante, et qu'il ait craint d'avoir été simplement dupé. Plusieurs chroniqueurs ont retenu le souhait exprimé par Saint Louis lorsqu'il avait reçu, au début de l'automne 1269, des délégués de l'émir de Tunis ; le 9 octobre avait eu lieu à Saint-Denis le baptême d'un juif qui avait demandé au roi d'être son parrain ; Louis y invita les ambassadeurs et leur dit : « Dites à votre maître que je désire tant le salut de son âme que je veux bien passer le reste de ma vie dans les prisons des Sarrasins sans jamais revoir la lumière du jour, pour que votre roi et son peuple se fassent chrétiens d'un cœur sincère. » Et d'ajouter : « Oh, si je pouvais être le parrain et le compère d'un si grand filleul ! »

Pareille perspective ne pouvait que stimuler le désir du roi.

Les événements qui suivent vont se dérouler avec une rapidité en complet contraste avec les atermoiements qui avaient causé deux mois de retard au rassemblement de la flotte. Son départ de Cagliari s'effectue sans incident ; le 17 juillet à l'aube, le roi est en vue de Tunis. Il envoie Florent de Varennes en avant-garde ; celui-ci voit dans la baie quelques navires musulmans et aussi des vaisseaux génois appartenant à des marchands, mais la langue de terre qui ferme l'entrée a été désertée ; la population s'est renfermée derrière les murailles, dont l'émir Al-Mustansir a fait hâtivement combler les brèches. Florent de Varennes débarque donc sans plus attendre sur cette langue de terre ; le roi en fut mécontent : il avait souhaité, comme à Damiette, prendre pied le premier sur le sol où il débarquait. Le lendemain, sur une galère qui fut la première à s'approcher de la côte, Saint Louis fit procéder au débarquement ; les grosses nefs restaient à distance, les bateaux à fond plat et les barques dont disposait chaque navire transportaient les combattants. Quelques combats sporadiques et vite terminés : « On prit terre grâce à Dieu, écrit Pierre de Condé, dans ses lettres qui en font le meilleur des témoins oculaires, mais avec si peu d'ordre que, suivant l'opinion commune, une centaine de braves guerriers auraient empêché ou du moins rendu fort difficile le débarquement tel qu'il s'opéra. Cependant, les nôtres ne trouvant point de résistance campèrent dans une île qui leur offrit deux issues. Elle a plus d'une lieue de longueur et de largeur plus de trois portées de balistes. L'eau de mer l'entoure de deux côtés ; on jugea qu'on n'y trouverait point d'eau douce, aussi éprouvâmesnous plus de mal sur terre que sur mer. Quelques-uns des nôtres s'avancèrent le samedi, jusqu'à une tour qui était voisine et où il y avait de l'eau douce dans des citernes » ; il s'agissait de la tour de la Goulette ; elle barre le chemin ; ses ressources en eau potable sont indispensables aux croisés. « Mais ils rencontrèrent des Sarrasins qui tuèrent plusieurs d'entre eux ; cependant quelques soldats servants s'emparèrent de la tour. D'autres Sarrasins qui survinrent les enveloppèrent et les auraient enfermés dans la tour si le roi n'eût envoyé à leur secours le seigneur Lancelot, Raoul de Trapani et plusieurs autres. Ceux-ci auraient été suivis d'un plus grand nombre si tous les chevaux avaient été débarqués et si ceux qui l'étaient déjà n'avaient pas été tellement fatigués et harassés qu'à peine pouvaient-ils se soutenir. Il y eut ce jour-là un grand combat entre les Sarrasins et les nôtres ; on se battit non de près, mais de loin, car les Sarrasins n'osaient s'approcher de nous. Ils sont armés de lances dont ils frappent en fuyant ou en passant ; ils tuent les chevaux et non les cavaliers ; ils tuent aussi tous ceux qui sont à pied et errants. Cependant, il y eut dans ce combat peu de morts de part et d'autre. » On délivre enfin ceux qui étaient dans la tour et on les fait revenir. Puis le même correspondant raconte l'avance de l'armée en direction de Carthage.

« Nous restâmes le dimanche dans l'île mais le défaut d'eau douce nous força d'en sortir. Le lundi, veille de la Madeleine (sa fête est le 22 juillet), l'armée s'avança vers le château de Carthage distant de cette île d'environ une lieue. Dans sa marche, elle reprit la tour (la Goulette) que nous gardons encore ; grand nombre de Sarrasins qui étaient aux environs prirent la fuite ; on campa dans une vallée où il y a une infinité de puits qui servent à l'arroser et de là on avait accès au pont, ou aux vaisseaux, ou au château.

« Le mardi (22 juillet), des mariniers vinrent camper auprès du roi et lui dirent qu'ils se faisaient forts de lui livrer le château de Carthage s'il voulait leur donner quelques troupes de secours. On délibéra sur ces propositions et il fut décidé qu'ils se tiendraient prêts, eux et leurs machines. Le jeudi suivant (le 24 juillet), ils vinrent tout préparer. Le roi leur donna quatre bataillons : savoir ceux de Carcassonne, de Châlons, de Périgord et de Beaucaire, et d'autres gens de pied. Le roi et les autres barons, formant jusqu'à dix-sept bataillons, s'avancèrent contre les Sarrasins pour garantir la troupe qui allait assiéger le château et pour empêcher les ennemis, qui étaient en grand nombre, soit de fondre sur elle, soit d'approcher du fort. Que vous dirais-je de plus ? Les mariniers, secondés par les quatre bataillons, escaladèrent le château à la vue des Sarrasins (de Tunis) qui restaient immobiles ; ils mirent en fuite et tuèrent deux cents hommes de la garnison et autres habitants du château dont plusieurs se cachèrent. Aucun des nôtres ne fut blessé. Il n'y eut qu'un pauvre marinier de tué. »

« Après la prise du château de Carthage, ceux qui purent sortir par des souterrains emmenèrent des vaches et d'autres animaux à la vue des nôtres qui ne voulurent pas les poursuivre parce qu'ils n'avaient pas encore reçu d'ordre. Dans ce château plusieurs Sarrasins se cachent encore dans des retraites et des caves souterraines et tous les jours on tue ceux qu'on peut trouver. D'autres ont été étouffés par le feu dans des cavernes et ceux qui y restent périront de quelque autre genre de mort. Sans les mauvaises odeurs qu'exhalent les cadavres, le roi aurait logé dans le château ; pour le moment, il a envoyé l'ordre d'enlever ces cadavres. On dit ici que celui qui est maître de Carthage l'est bientôt dans tout le pays ; mais nous ne croyons point à ce dicton populaire parce qu'il arrive tant de Sarrasins et de tant de côtés, et ils inquiètent tellement les nôtres que quelquefois on crie aux armes deux fois dans le jour. Mais les Sarrasins n'osent approcher du groupe de notre armée ; ils se contentent de tuer ceux qu'ils trouvent seuls ou errants et qui les attaquent. Cependant, on croit qu'ils ont plus perdu des leurs que nous des nôtres. Quand nous les poursuivons, ils fuient. Quand nous nous retirons, ils nous attaquent avec leurs lances. » Et le chapelain poursuit en expliquant que, pour pousser plus avant les opérations, le roi attend les renforts que doit amener son frère le roi de Sicile ; il termine sa lettre par quelques mots pathétiques, pour nous qui connaissons la suite des événements : « Sachez que je me porte bien. Je souhaite d'apprendre qu'il en est bien de vous et de mes autres amis. Le roi, ses enfants et les princes jouissent d'une bonne santé. Fait au camp sous Carthage, le dimanche d'après la fête de l'apôtre saint Jacques. » Il écrivait donc cela le dimanche 27 juillet 1270. Sa lettre suivante est datée du 4 septembre (le jeudi avant la Nativité de la Vierge), toujours devant Carthage ; c'est cette même lettre qui raconte la mort du roi.

Il était raisonnable en effet d'attendre les renforts pour amorcer les véritables combats. C'est ce que Charles d'Anjou recommandait au roi par l'envoyé qu'il dépêcha, Amaury de la Roche. Mais périodiquement, des « Sarrasins » venaient harceler l'armée royale et massacraient les traînards et les isolés. Louis prescrivit à chacun dans l'armée de rester strictement dans les rangs ; il fit aussi entourer le campement de fossés pour prévenir les attaques par surprise. La chaleur devenait insupportable et la mauvaise qualité de l'eau allait commencer à répandre ce fléau de la dysenterie, familier aux armées en tous les temps, et leur pire ennemi avec le typhus. Deux chevaliers catalans, qui faisaient partie de la milice de l'émir Al-Mustansir (il possédait une milice chrétienne et aussi des guerriers qu'il faisait venir du Maroc pour renforcer ses propres troupes), vinrent avertir le roi que quelques-uns de leurs compagnons avaient été fait prisonniers par l'émir qui les considérait comme des otages et les ferait tuer si l'armée chrétienne entrait dans Tunis. D'autre part, les barons Jean et Alphonse de Brienne reçurent un jour la visite de trois chefs musulmans accompagnés de quelques fidèles qui déclarèrent leur intention de se convertir. Le roi fit recommander aux deux frères la plus grande prudence et, effectivement, au moment où les croisés allaient les recevoir, d'autres troupes surgirent, qui massacrèrent tous ceux qu'ils trouvèrent à leur portée. Saint Louis ordonna seulement de renvoyer les « convertis » à leur camp.

Il n'est pas sans intérêt de confronter ce récit des événements avec celui qu'en fait Ibn Khaldoun, historien des Berbères, qui n'en a pas été témoin puisqu'il n'est né qu'en 1336, mais qui déclare les tenir par tradition orale : « Mon père m'a raconté (ce) qu'il avait appris du sien » — au prix de quelques erreurs d'ailleurs. « Les troupes chrétiennes, écrit-il, débarquèrent auprès de l'ancienne ville de Carthage, dont les murailles étaient encore debout, et campèrent dans l'intérieur de l'enceinte. On ferma les brèches des murailles avec des planches de bois ; on y rétablit les créneaux et on entoura le tout d'un fossé profond.

« Le sultan eut alors à regretter son imprévoyance, d'abord en laissant subsister les murs de Carthage ; puis en permettant à l'ennemi de débarquer. Pendant l'espace de six mois, ajoute-t-il, le roi français et ses troupes ne cessèrent de harceler la ville de Tunis : la flotte leur apportait de la Sicile et du continent des renforts, des armes et des vivres... Les musulmans de Tunis furent enfin réduits aux abois ; ils s'abandonnaient aux pensées les plus douloureuses, et le sultan commençait à croire qu'il serait nécessaire d'évacuer la ville et d'aller se fixer à Kairouan. Telle fut la position des choses quand Dieu frappa l'ennemi et le lendemain apprit au monde que le roi des Français ne vivait plus. Les uns disent que sa mort fut naturelle ; les autres qu'il avait été atteint d'un coup de flèche tiré au hasard dans un combat ; d'autres encore assurent que ce fut une fièvre qui l'emporta ; enfin un récit peu probable attribue sa mort à une épée dont la poignée était empoisonnée et que le sultan lui aurait fait porter. »

Hypothèses, on le sait, aussi erronées que les six mois de combat soutenus. C'est avant tout l'épidémie qui eut raison de l'armée des croisés.

« Fièvre et flux du ventre », écrit Geoffroy de Beaulieu ; les symptômes de la dysenterie bacillaire se manifestent dès les premiers jours d'août, chez le comte de Nevers, Jean-Tristan ; il allait être très rapidement emporté le 3 août. Le confesseur du roi voulut quelque temps cacher sa mort à son père, car celui-ci manifestait aussi les premiers symptômes d'une maladie à laquelle déjà il avait failli succomber lors de l'expédition d'Égypte ; cependant, il ne pouvait ni ne voulait mentir au saint roi, et comme celui-ci s'inquiétait de ne pas voir son fils, il lui révéla la nouvelle. Étrange destin que celui de ce garçon de vingt ans né au plus fort de la « grande douleur » de l'armée à Damiette, et mort sur les rivages d'Afrique en des circonstances semblables à celles de sa naissance. Louis en fut terriblement affecté et mit quelque temps avant de pouvoir reprendre à son compte les paroles de Job : « Le Seigneur me l'a donné, le Seigneur me l'a ôté, que le nom du Seigneur soit béni. » Il allait apprendre quelques jours plus tard la mort du cardinal d'Albano, Raoul Grosparmi, le légat du pape qui accompagnait la croisade. Et Philippe, le fils aîné du roi, tombait malade à son tour.

« Personne ne peut conserver sa santé dans le pays de Tunis parce que le petit nombre d'hommes forts et robustes qui y sont tombés malades reviennent avec peine à leur premier état de santé. Ils languissent plutôt qu'ils ne vivent sur cette terre maudite, et cela n'est pas étonnant. L'ardeur du soleil est si grande, la poussière si incommode, le vent si impétueux, l'air si corrompu, l'odeur des cadavres si infecte ; il y a tant d'autres inconvénients à détailler que les personnes en santé éprouvent quelquefois l'ennui de la vie. » C'est ainsi que Pierre de Condé va décrire l'état de l'armée en général en ce sinistre mois d'août 1270. Le roi avait dû s'aliter au bout de quelques jours ; il resta trois semaines couché, ne pouvant que s'agenouiller lorsque, à sa demande, on lui apportait l'Eucharistie.

Chapitre II

LE SCEAU DU ROI PHILIPPE

Le déconfort m'a si désespéré
que je ne sais que puisse devenir.
Charles d'Anjou, chanson.

Un document, conservé aux Archives nationales sous la cote AE II 277, est particulièrement émouvant ; c'est un simple morceau de parchemin, daté de septembre 1270 « au camp devant Carthage ». Le sceau dont il est scellé attire l'attention parce que, au contraire des admirables pièces de ce temps qui sont autant d'œuvres d'art, parfaitement finies, avec juste le relief nécessaire pour que l'effigie se détache et que soit lisible l'inscription qui l'entoure, ce sceau est mal gravé, aplati, sans beauté : une bavure dans la série des sceaux conservés aux Archives, qui témoignent magnifiquement de l'art de la gravure jusqu'à la fin du XVe siècle.

Mais c'est cette imperfection qui est émouvante. On imagine l'artisan mal qualifié auquel il a fallu faire appel pour que le nouveau roi puisse disposer d'un sceau dès la mort de son père ; à l'époque, en effet, sceller c'est signer ; il a dû avoir maintes hésitations et difficultés devant une matière qu'il lui fallait travailler en toute hâte ; d'où la déception devant l'œuvre finie. Dès son retour à Paris, Philippe se fera confectionner un autre sceau, correct celui-là. Il fallait en attendant se contenter de ce que l'on avait pour marquer les décisions à prendre ; et le temps pressait.

La silhouette est un peu écrasée, la couche de cire vierge, insuffisante, laisse transparaître la double languette de parchemin. Avec le recul du temps, l'acte revêt une portée insoupçonnée : Philippe augmente le legs fait par son père au chambellan Pierre de la Brosse ; il y ajoute une rente assise sur la prévôté de Nogent-l'Érembert. C'est indiquer la confiance que le jeune héritier de France fait à un personnage dont la faveur prendra fin brutalement huit ans plus tard et qui mourra pendu au gibet de Montfaucon. Pierre de la Brosse avait été médecin du roi avant de devenir son chambellan ; sans doute lui avait-il dispensé des soins pendant sa maladie, en même temps que ce maître Martin qui est mentionné aussi comme « physicien » du roi ; en tout cas, l'acte scellé au mois de septembre 1270 indique qu'il sera l'homme de confiance pendant les huit années qui vont suivre, avant une disgrâce que lui attirent son immense fortune et la malveillance de celle qui sera alors devenue reine de France, Marie de Brabant, seconde épouse de Philippe III.

Qui est-il, ce nouveau roi dont la santé robuste a pu triompher de la dysenterie qui décimait l'armée et dont il avait été quelque temps atteint lui aussi ?

Ce n'est pas lui qui était destiné au trône, mais son frère aîné, Louis. Celui-ci semble bien avoir été à la ressemblance de son père : blond, mince, d'une extrême piété, d'une tenue irréprochable, il a tout jeune exercé une sorte de régence de fait lorsque sa grand-mère, la reine Blanche de Castille, est morte en 1252, jusqu'au moment du retour de son père Louis et de Marguerite sa mère. Il mourait six ans plus tard, en janvier 1260, à

1

1. La mort de Louis IX, 1270.

2

2. Le testament de Saint Louis.

3. Nomination des exécuteurs testamentaires de Saint Louis.

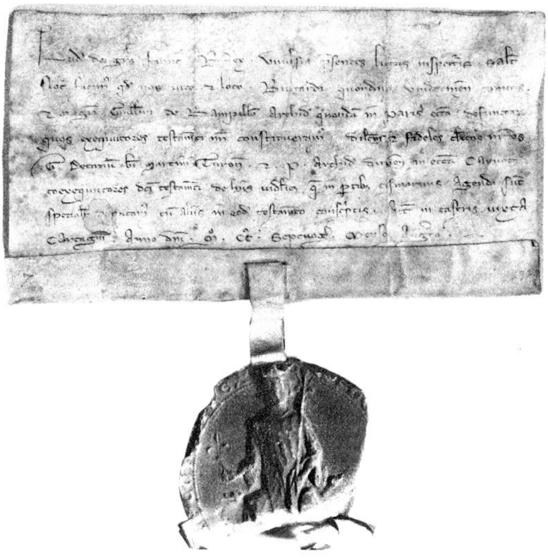

3

4

4. Carthage, vue générale.

5

5. Sceau de Philippe le Hardi "à Carthage."

6

6. Sceau de Philippe le Hardi à son retour en France, après la mort de Saint Louis.

7

7. Départ pour la croisade, XIIIe siècle.

peine âgé de seize ans et pleuré de tout le royaume. Le dominicain Vincent de Beauvais qui avait été précepteur des enfants royaux, composa une épître destinée à conforter le roi et la reine dans leur immense chagrin. Louis le jeune avait été enterré à Royaumont. Bizarrement des fragments de son tombeau ont été réutilisés, beaucoup plus tard, après la Révolution, pour composer la tombe d'Héloïse et Abélard lorsqu'on a eu la très fâcheuse idée d'enlever leurs restes du Paraclet pour les transporter à Paris ; et cette tombe composite qui les abrite au Père-Lachaise est un rappel du fils de Saint Louis. (En réalité les morceaux appartenant à la tombe ont été remplacés récemment par des moulages.)

Pour en revenir au roi Philippe III, il est né en 1245 et a donc vingt-cinq ans tout juste lors du douloureux avènement auquel il doit son titre, au camp devant Carthage. C'est un bel homme qui se distingue surtout par son goût pour la chasse au loup et au sanglier ; il a épousé huit ans plus tôt, en 1262, Isabelle, fille de Jacques Ier d'Aragon, qui se trouve à ses côtés en cette heure tragique. La jeune femme est enceinte, mais n'a pas hésité à partir avec lui pour l'expédition outre-mer.

L'histoire n'a jusqu'alors retenu de lui qu'un fait assez troublant : le 6 juillet 1263, le pape Urbain IV le déliait solennellement d'un serment qu'il avait prêté à sa mère, la reine Marguerite de Provence. Elle lui avait fait jurer en effet que, jusqu'à l'âge de trente ans (il en avait alors dix-huit, ce qui signifie qu'il était majeur depuis quatre ans), il demeurerait, et le royaume aussi, sous la tutelle et la garde de sa mère, qu'il ne prendrait conseil de personne contre sa volonté à elle, et qu'il ne contracterait ni traité ni alliance avec son oncle Charles, le comte de Provence. Bien révélatrice, cette dernière clause : Marguerite n'a cessé d'être en lutte avec son beau-frère qui, en épousant sa sœur Béatrice, l'a privée de toute part à l'héritage provençal ; déjà, au moment même où était prévu le mariage entre Philippe et Isabelle d'Aragon, Marguerite intervenait pour que Jacques d'Aragon, son père, lui fasse abandon de ses droits sur l'héritage de Provence — droits que lui avait conférés son père à elle, le comte Raimond Bérenger V. Ce qui montrait bien à quel point la reine tenait à cet héritage et, au-delà, qu'elle cherchait de tout son pouvoir à exercer sur son fils l'ascendant que jadis la reine Blanche avait exercé sur Louis IX. Philippe s'y révèle comme un être influençable. Cependant, après avoir prêté ce serment imprudent, il s'en était ouvert dans le secret à son père et Louis IX avait aussitôt demandé au pape d'annuler ce serment que la reine avait extorqué au jeune homme, abusant de son inexpérience.

Une certaine inconstance donc, un certain manque de clarté et de suite dans les idées vont caractériser celui qui pour l'histoire reste Philippe III le Hardi. Son surnom, il l'a probablement gagné au camp devant Carthage. Les circonstances ont fait qu'il s'est trouvé face au partenaire détesté par sa mère et qu'en l'occurrence force lui était de s'entendre avec celui qu'elle lui interdisait de reconnaître. Il a fallu prendre sans désemparer toute une série de décisions dans lesquelles le jeune homme aura profité de l'expérience du roi de Sicile, comme aussi de l'autorité de ce père mort saintement. L'armée et les barons présents se sont spontanément rassemblés autour de l'héritier de France : dès le 27 août ils lui prêtaient le serment d'hommage et de fidélité. Quelques jours plus tard, Philippe, de son côté, le 12 septembre, confirmait dans leur charge les régents désignés par son père et demeurés en France. Entre-temps les pourparlers s'étaient engagés avec le sultan de Tunis qui lui-même sollicitait la paix : son armée n'était-elle pas attaquée par la même épidémie de dysenterie qui décimait aussi l'armée des chrétiens ? « Le jeudi avant la Toussaint (1er novembre) les rois et barons et les envoyés du roi de Tunis sont unanimement convenus des conditions de la paix, laquelle a été confirmée comme vous le verrez :

« Le samedi d'avant la Toussaint, Geoffroy de Beaumont et autres furent envoyés au roi de Tunis qui jura devant eux qu'il permettrait aux chrétiens d'habiter dans les bonnes villes de son royaume et d'y posséder librement et paisiblement des propriétés et autres biens quelconques, sans exactions ni servitudes, à la réserve d'un cens qu'ils paieraient au roi pour leurs possessions comme le font les chrétiens libres. Il sera permis aussi aux chrétiens de ces villes de construire des églises et d'y prêcher publiquement. Ledit roi de Tunis a promis en outre de donner au roi de France et à ses barons pour les frais de son expédition deux cent dix mille onces d'or (chaque once valait cinquante sous tournois). Il a déjà payé la moitié de cette somme ; il a promis de payer l'autre moitié dans deux ans à la fête de tous les saints. De plus il s'est engagé à payer au roi de Sicile (Charles d'Anjou) un tribut pendant quinze ans, à savoir vingt-quatre onces d'or tous les ans au lieu de douze onces qu'il devait auparavant ; ce tribut doit commencer à la Toussaint prochaine ; le roi a déjà payé cinq ans d'arrérages, c'est-à-dire soixante onces. D'après ce traité le roi de Tunis a rendu tous les chrétiens qu'il tenait prisonniers et les chrétiens ont rendu tous les Sarrasins qu'ils avaient. »

Ce sont les termes d'une lettre écrite à l'abbé de Saint-Denis par Pierre de Condé, dont la correspondance nous met à peu près jour par jour au courant des événements ; en sa qualité de chapelain du roi, il était bien placé pour les connaître, puisqu'il avait pris le départ en même temps que Saint Louis. Cette lettre est datée du mardi après la Saint-Martin d'hiver, c'est-à-dire du 15 novembre 1270. C'est le jour même où l'armée des croisés va quitter les rivages de Tunis. « Le roi de Sicile, ajoute-t-il, est resté pour attendre les pauvres et les traînards. » Charles d'Anjou fermera donc la marche de l'expédition. En dehors des négociations avec le sultan de Tunis il a dû s'employer à convaincre les nouveaux arrivants, à savoir les croisés anglais que dirige le prince Édouard, fils du roi d'Angleterre Henri III ; ceux-ci voulaient poursuivre aussitôt l'expédition commencée, mais les négociations étaient trop avancées et Charles d'Anjou s'opposait à de nouvelles hostilités contre ce sultan de Tunis qui venait de verser 262 500 livres tournois en or et s'engageait à ménager aux chrétiens des conditions d'existence favorables dans ses États.

Les croisés quittaient donc l'Afrique, mais dans quelle direction ? Provisoirement on se décida pour la Sicile. « On a décidé, écrit encore Pierre de Condé, que tous aborderaient aux ports de Trapani et de Palerme » ; et il ajoute : « Je ne sais pas bien ce qui sera résolu quand on y sera arrivé, mais il y en a qui pensent que quelques-uns de l'armée iront vers la Terre sainte : tels peut-être le comte de Poitiers (Alphonse, frère de Louis) et le seigneur Pierre (de la Brosse), chambellan, avec plusieurs troupes soldées, et que d'autres iront en Grèce contre Paléologue (Michel Paléologue qui a repris Constantinople aux Occidentaux) ; on compte dans le nombre le roi de Sicile et plusieurs barons accompagnés aussi d'une troupe soldée. Quant au roi de France, il se rendra directement dans son royaume. Cependant quelques-uns disent qu'il ira à Rome et qu'il aura toujours avec lui ou près de lui le corps de son père. Mais je ne sais rien de positif sur tout cela. »

Un retour s'amorce donc, qui va être un véritable calvaire. C'est encore à Pierre de Condé que l'on emprunte le récit de la première étape de ce pèlerinage tragique s'il en fût : « Le mardi de l'octave de Saint-Martin d'hiver, vers la neuvième heure, notre roi et les autres barons s'éloignèrent du port de Carthage.

« Un grand nombre de personnes de toutes conditions restèrent à terre toute la nuit sous la garde du connétable, du maréchal de France et du chambellan. Le lendemain mercredi tous depuis le plus grand jusqu'au plus petit montèrent à bord avec leurs bagages. Le roi de Tunis se conduisit assez bien et avec fidélité envers les chrétiens ; car il avait envoyé une troupe de chrétiens et de Sarrasins armés pour protéger le départ de l'armée, et les croisés n'eurent rien à en souffrir. Le jeudi matin notre roi fit mettre la voile et tout le monde partit. Le vendredi une partie de la flotte, secondée par un vent favorable, entra heureusement dans le port de Trapani. Le roi de Sicile y arriva sur une galère vers le milieu de la nuit. Notre roi et la reine portés sur une autre galère n'y vinrent que le samedi, vers la neuvième heure, tous les autres les y suivirent le même jour.

« Mais Dieu, qui avait accordé une navigation heureuse aux siens, permit que dans la nuit du samedi la mer fût troublée par un vent si violent que le dimanche matin on put à peine monter de terre sur les vaisseaux ou descendre des vaisseaux à terre. La tempête fut si grande tout le jour que ceux qui restaient à bord ne purent débarquer d'aucune manière. Que vous dirai-je ? La violence du vent fut telle toute la nuit du dimanche, tout le lundi et la nuit qui suivit que des marins assurèrent n'avoir jamais vu sur mer une pareille tempête. Les mâts étaient brisés, les ancres étaient rompues, les vaisseaux, même les plus grands, furent engloutis dans la mer comme une pierre. Ce n'est pas seulement la perte des bagages qu'on doit regretter, c'est encore celle des personnes de toutes conditions, de tous âges, et des deux sexes que les témoins de ce désastre évaluent au nombre de quatre mille. Plusieurs de ceux qui ont survécu à ce malheur sont morts aussi de douleur et d'angoisse ; on en porte le nombre à mille. L'évêque de Langres s'échappa de son vaisseau avec un seul écuyer et descendit sur sa petite barge, le corps ceint de sa tunique et préparé à nager ou résigné au naufrage si c'était la volonté de Dieu. On assure qu'il périt sur son vaisseau près de mille personnes ; ce qui est assez vraisemblable, car le vaisseau était grand et il en était sorti très peu de monde. Dans cette tempête on a perdu dix-huit vaisseaux, grands, forts et neufs, avec tout leur équipage et leur charge, sans compter de moindres vaisseaux dont je ne parle point. »

Cette effroyable tempête allait retenir en Sicile les débris de l'armée royale ; un espion que le sultan Baïbars, qui suivait de près les événements, entretenait à Acre, parle de quarante navires qui auraient alors sombré. Cependant la flotte anglaise que dirigeait le prince Édouard fut épargnée ; on pense qu'elle avait gagné le port de Palerme qui fut moins exposé que celui de Trapani. Il allait donc poursuivre le plan initial de croisade et débarquer à Saint-Jean-d'Acre au printemps de 1271. Quant aux survivants du désastre, le roi, la reine et ceux qui avaient pu échapper à la violence de la tempête, ils tinrent conseil à Trapani : « le mardi jour de Sainte-Catherine (25 novembre), les rois et barons tinrent conseil tant sur ce qui s'était passé que sur ce qui pourrait arriver sur leurs projets futurs...

« Ils jurèrent qu'ils se réuniraient dans trois ans le jour de Sainte-Madeleine (22 juillet) dans un port qui serait désigné pour passer dans la Terre sainte. Chacun en fit le serment et s'engagea pour autant que le roi de France n'aurait pas de motif de se dispenser de son vœu. » Alphonse de Poitiers en particulier manifestait son intention de poursuivre la croisade à laquelle il s'était engagé, mais Charles d'Anjou l'en dissuada : il valait mieux, dans l'intérêt même de l'expédition future, qu'il retournât d'abord dans ses États. Il se décida donc à reprendre la route avec le roi Philippe son neveu.

Celui-ci gardait avec lui, comme l'écrit Pierre de Condé, les restes de son père. Le corps avait été bouilli dans du vinaigre pour en détacher les chairs que l'on avait ainsi séparées des ossements. Il fut décidé que les chairs, difficilement transportables, seraient inhumées dans la basilique de Monreale, à peu de distance de Palerme, et que le roi n'emporterait avec lui que les ossements de son père pour les inhumer à Saint-Denis.

De fait, c'était la coutume d'enterrer sur place chairs et entrailles pour n'emporter que les ossements d'un personnage que l'on vénérait, pour sa sainteté ou sa noblesse. Mais il n'était pas question de laisser en terre païenne, où elle aurait été profanée immanquablement, une sépulture des restes du roi de France. Charles d'Anjou par ailleurs demandait le cœur et les entrailles de son père. C'est ainsi que les viscères et les chairs du roi demeurèrent, jusqu'en notre temps, dans le cadre éblouissant de cette abbatiale, entièrement revêtue de mosaïques à fond d'or, narrant l'histoire de la Rédemption, Ancien et Nouveau Testament, avec une splendeur inégalée. L'urne de marbre blanc qui les contenait fut, à la fin du XIXe siècle, donnée par le roi de Sicile François II au cardinal Lavigerie qui l'installa dans la cathédrale Saint-Louis de Carthage et lui fit faire un reliquaire monumental, œuvre d'Armand Caillat.

Mais le cœur de roi fut conservé par son fils. Le 15 mai 1843, une fouille pratiquée dans le pavé de la

Sainte-Chapelle, près du maître-autel, mit au jour une petite boîte d'étain contenant un cœur humain. Était-ce le cœur du saint roi ? Une première fois, quarante ans plus tôt, cette même découverte de la même boîte au même endroit avait déclenché une bataille d'érudits ; elle recommença sans amener de résultats notables et se termina comme la première fois ; c'est-à-dire que la petite boîte contenant la précieuse relique fut réenterrée sous le pavage.

Début tragique s'il en fut pour ce règne — avec pourtant une note rassurante : dans le royaume comme sur la terre d'Afrique les barons et le peuple demeuraient groupés autour du seigneur-roi. Aucune de ces turbulences qui s'étaient manifestées à la mort de Louis VIII ne se produit ; faut-il y voir un sentiment de peur devant les menaces d'un sort décidément cruel ? Le respect de la douleur qui accablait une famille aimée ? Le saisissement devant la perte éprouvée en ce roi mort à cinquante-six ans ? Toujours est-il que les régents institués par Louis IX, Mathieu de Vendôme, abbé de Saint-Denis, Simon de Clermont, sire de Nesle, ont administré un royaume en paix.

Chapitre III

CHAMPAGNE ET NAVARRE

Roi de France, qui avez mis
Et votre avoir et vos amis
Et le corps pour Dieu en prison.

Rutebeuf
La Complainte d'outremer

« Le roi (de France) resta ensuite quinze jours à Trapani. Il en serait parti plus tôt sans la maladie du roi de Navarre qui avait été pris de la fièvre au port de Carthage. Le mal augmentant, ce bon roi qui s'était si honorablement conduit dans l'armée mourut à Trapani le jeudi d'avant la Saint-Nicolas (6 décembre). Plusieurs des nôtres y moururent aussi ; d'autres y restèrent malades. » C'est donc le 4 décembre 1270 que mourut Thibaud, comte de Champagne et roi de Navarre — mort d'épuisement sans doute, comme le chambellan Pierre de Villebéon quelques jours plus tôt.

Avec lui disparaissait l'un des grands lignages, l'un des plus illustres aussi. Il était étroitement apparenté à la famille royale de France : ses aïeux de Champagne et de Blois avaient chacun épousé une fille de Louis VII et d'Aliénor d'Aquitaine, et leur sœur Adèle, troisième femme de Louis VII, était la grand-mère du roi Louis IX. Elle se trouvait donc être à la fois leur belle-mère et leur belle-sœur.

Louis VII, roi de France (1120-1180)
épouse

1. Aliénor d'Aquitaine en 1137 — se séparent 1152
   - Marie (1138-1198) ép. **Henri Ier de Champagne**
   - Alix (1149-1184) ép. **Thibaud de Blois**
2. Constance de Castille († 1160)
   - Alix morte jeune
   - Marguerite ép. : 1. Henri le Jeune 2. Béla III de Hongrie
3. **Adèle de Champagne** († 1206)
   - Adélaïde fiancée à Richard Cœur de Lion ép. Guillaume de Ponthieu
   - **Philippe Auguste** roi de France
   - Agnès

Thibaud II
comte de Blois-Champagne

- **Henri Ier de Champagne** ép. Marie
  - Henri II ép. Isabelle, reine de Jérusalem
- **Thibaud de Blois**
- Adèle de Champagne

On pourrait résumer l'histoire des XIIe et XIIIe siècles en racontant celle de ces deux familles tant on y retrouve tous les éléments essentiels de l'époque, aussi bien dans la complexité des accords familiaux que dans l'expansion de ces lignages, dont les membres ont tous plus ou moins pris part aux expéditions d'outre-mer. Le fils du premier Henri de Champagne, celui qu'on appela Henri II le Jeune, a même porté la couronne de roi de Jérusalem, puisqu'il avait épousé la jeune Isabelle dont l'histoire est si romanesque : séparée d'Onfroy de Toron son premier époux, et veuve du second, Conrad de Montferrat, elle était enceinte de celui-ci lorsqu'il tomba sous le poignard des Assassins, un soir, dans les ruelles de Tyr. C'était en 1192 ; peu de temps donc après la reprise de Jérusalem par les armées de Saladin. Conrad était victime du Vieux de la Montagne, le maître de la terrible secte chiite qu'il dirigeait depuis son nid d'aigle de Kadmous ; celui qu'il désignait au poignard de ses séides — des drogués, que désigne le terme de *haschischins,* mangeurs de haschisch, d'où est venu le terme : assassin — n'avait guère de chances de leur échapper.

Or, le marquis Conrad de Montferrat était de toute évidence gênant pour le monde de l'Islam : homme à poigne, on lui devait la défense et la reconquête de Tyr, qui était en passe de capituler au moment où, presque par hasard, il y avait débarqué avec une poignée de Piémontais ses compatriotes. A la suite de quoi les barons de Terre sainte, aux abois devant l'avance des Turcs, lui avaient offert la main d'Isabelle, héritière du royaume de Jérusalem ; son couronnement était prévu pour le mois de mai ; l'attentat perpétré le 28 avril remettait en cause la survie même de la chrétienté en Palestine.

Le comte de Champagne Henri II, qui avait pris la croix, comme beaucoup d'autres barons de France et d'Angleterre, et était arrivé sur les rivages de la Terre sainte devant Saint-Jean-d'Acre, avant même ses deux oncles, Philippe Auguste et Richard Cœur de Lion, dès le 27 juillet 1190, fut dépêché à Tyr par celui-ci lorsqu'il eut appris la mort de Conrad. On le pressa de prendre la place du défunt — ce qui signifiait qu'il se consacrerait désormais à la reconquête de Jérusalem, abandonnant son beau comté de Champagne, et épouserait Isabelle ; on ne manquait pas de lui faire remarquer que si l'enfant qu'elle portait était « un héritier mâle, il aurait le royaume. — Et moi, répondit le comte, je resterai encombré de la dame ! » Il lui fallait en fait une certaine dose d'abnégation pour accepter, moins cependant qu'il ne le croyait, car le chroniqueur s'empresse d'ajouter qu'aussitôt qu'il vit Isabelle, ses dispositions changèrent « car elle était si belle et si noble... que le comte fut bien vite disposé à l'épouser ». Les noces furent sans délai célébrées à Tyr le 5 mai 1192, et quelques jours plus tard Henri faisait son entrée à Saint-Jean-d'Acre, avec Isabelle « plus blanche qu'une perle ».

Mais le destin voulut qu'elle redevînt veuve à nouveau, cinq ans plus tard. Un stupide accident : le 10 septembre 1197, Henri donnait audience à des Pisans dans une chambre de son palais d'Acre, quand, reculant vers la fenêtre non munie de barreaux, il perdit l'équilibre et tomba dans la cour, se brisant le crâne ; son nain familier, Écarlate, qui se trouvait auprès de lui, tenta de le retenir par les vêtements et fut entraîné dans sa chute. On releva deux cadavres, qui furent l'un et l'autre enterrés dans l'église même de Sainte-Croix d'Acre.

L'histoire montre la place que tient alors dans les familles seigneuriales le « passage outre-mer », ce que nous appelons la croisade (on sait qu'il s'agit d'un terme moderne, qui n'apparaît pas avant la fin du XVIe siècle). Un comte de Champagne qui épouse la fille du roi de Jérusalem et d'une princesse byzantine (Marie Comnène), cela n'étonne guère dans les annales de la noblesse de ce temps. Et il faut ajouter que, dans la lignée des rois francs de Syrie, Henri II a été parfaitement à la hauteur de son rôle en un temps pourtant des plus troublés, sachant apaiser les dissensions, se montrer à la fois ferme et habile tant envers les Occidentaux que face aux musulmans ; il a même renouvelé l'attitude d'un Godefroy de Bouillon, refusant tout couronnement tant que la Ville sainte, arrachée aux Occidentaux en 1187 par Saladin, n'aurait pas été reconquise.

C'est l'occasion de se souvenir que la lignée champenoise comptait parmi ses ancêtres un saint, Thibaud, fils d'Arnoul, pieux ermite du XIe siècle (1017-1066) qui fit le pèlerinage de Saint-Jacques-de-Compostelle et vécut ensuite dans la solitude en Italie, à Salenigo près de Vicence ; on le fête le 1er juillet.

Cette même famille de Champagne est illustrée aussi par le plus grand des trouvères, le petit-fils d'Henri Ier, Thibaud IV, celui qu'on appelle « le Chansonnier » et qui fut toute sa vie l'amoureux transi de Blanche de Castille :

Le rossignol chante tant
Que mort choit (tombe) *de l'arbre jus* (à terre)
Si belle mort ne vit nul,
Tant douce ni si plaisant (e)
Autresi (De même) *meurs en chantant à hauts cris*
Que je ne puis de ma Dame être ouï,
N'elle (ni elle) *de moi pitié avoir ne daigne.*

Il avait de qui tenir, puisque sa grand-mère n'était autre que l'exquise Marie de Champagne, fille aînée d'Aliénor d'Aquitaine, qui vint souvent retrouver sa mère à Poitiers et dans sa cour de Troyes réunit nombre de poètes, parmi lesquels le plus fameux, Chrétien de Troyes lui-même.

« Le comté de Champagne est un des exemples les plus complets qu'on puisse offrir des complications de la géographie féodale », écrivait jadis Auguste Longnon qui fut l'inventeur de la géographie historique. Il faut reconnaître que pour des esprits formés aux catégories cartésiennes et à leurs simplifications, l'histoire de la Champagne est en effet déconcertante à souhait. Du moins offrirait-elle en un temps d'opposition manichéenne, et donc forcément simpliste (pour ou contre, droite ou gauche, oui ou non, etc.), un salutaire correctif. C'est ainsi que Thibaud le Chansonnier rendait hommage au roi de France pour le comté de Meaux, c'est-à-dire le comté de

Brie qui comportait les seigneuries de Meaux, Coulommiers, Sézanne et de même rendait-il hommage pour Provins, Château-Thierry, Oulchy-le-Château et quelques autres « châtellenies » ; mais il était vassal de l'empereur pour nombre de fiefs situés dans ce que nous appelons aujourd'hui le département des Ardennes, comme Raucourt, Cornay ou de celui de la Marne comme Dampierre-le-Château ou Belrain et Gondrecourt dans la Meuse, Bourmont dans les Vosges, etc. Mieux : il devait rendre hommage à l'archevêque de Reims pour des seigneuries comme Vertus et Vitry-le-Château, pour Fismes, Épernay et Châtillon-sur-Marne ; il devait également rendre hommage à l'évêque de Langres pour Bar-sur-Aube, Bar-sur-Seine, Chaumont-en-Bassigny, etc. A l'archevêque de Sens il rendait hommage pour Montereau-faut-Yonne et Bray-sur-Seine, tandis qu'à l'évêque de Châlons il reconnaissait la seigneurie de Bucy-le-Château ; sans parler de divers autres châteaux pour lesquels il se reconnaissait le vassal de l'évêque d'Auxerre et de celui d'Autun.

Ainsi tout un filet de liens était tissé à travers une vaste région, et c'est l'image exacte de ce qu'étaient les seigneurs féodaux ; on se les représente volontiers comme des roitelets, voire des monarques au pouvoir sans limites ; alors que, les limites, ils les rencontrent continuellement à l'intérieur même d'un domaine sur lequel ils sont tantôt seigneur, tantôt vassal ; sans parler des droits perpétuels octroyés sur ces mêmes domaines aux paysans qui y vivent et sont assurés d'y récolter ce qu'ils ont semé, puisque, comme le dit fortement un recueil de coutumes de l'époque, le *Bracton,* les serfs eux-mêmes « jouissent de ce privilège qu'ils ne peuvent être arrachés à leur terre ».

Or, pour compléter ce tableau qui ferait plutôt penser à certaines toiles de peintres modernes, comme Tapiès ou

Georges Mathieu, qu'aux peintures classiques, voici que le comte de Champagne était aussi, depuis la date de 1234, roi de Navarre. Et c'est un autre exemple de la complication de la géographie féodale que cette projection au-delà des Pyrénées d'un baron champenois. La mère du Chansonnier était en effet Blanche de Navarre, fille du roi Sanche le Sage, et à la mort de son cousin Sanche VII, le Chansonnier vint régner en Navarre ; il devait même y mourir, à Pampelune, en 1253.

Son fils Thibaud V tenait de son père ces immenses domaines. Sa mort en Sicile, en 1270, cause quelques perplexités à Philippe, le roi de France. Thibaud V avait épousé la fille de Louis IX, Isabelle, mais il n'en avait pas d'enfants ; l'héritage entier de Champagne et Navarre passait donc à son frère Henri III surnommé le Gros, lequel était, lui, l'époux de Blanche d'Artois, nièce de Saint Louis, étant fille de son frère Robert qui avait trouvé la mort à la bataille de la Mansourah en 1250.

La vie du nouveau roi de Navarre devait être marquée par un drame. Blanche et Henri avaient deux enfants, un fils et une fille ; en 1273, celui-ci était dans les bras de sa nourrice, qui le promenait sur le chemin de ronde du château d'Estella ; elle faisait sauter le nourrisson pour l'amuser, mais l'imprudente le fit sauter si fort que l'enfant lui échappa et tomba dans le vide ; désespérée elle se jeta après lui ; on les releva morts tous les deux.

Henri le Gros mourut l'année suivante (22 juillet 1274) ; il ne restait pour recueillir l'héritage de Navarre et de Champagne que Blanche d'Artois et sa fille Jeanne.

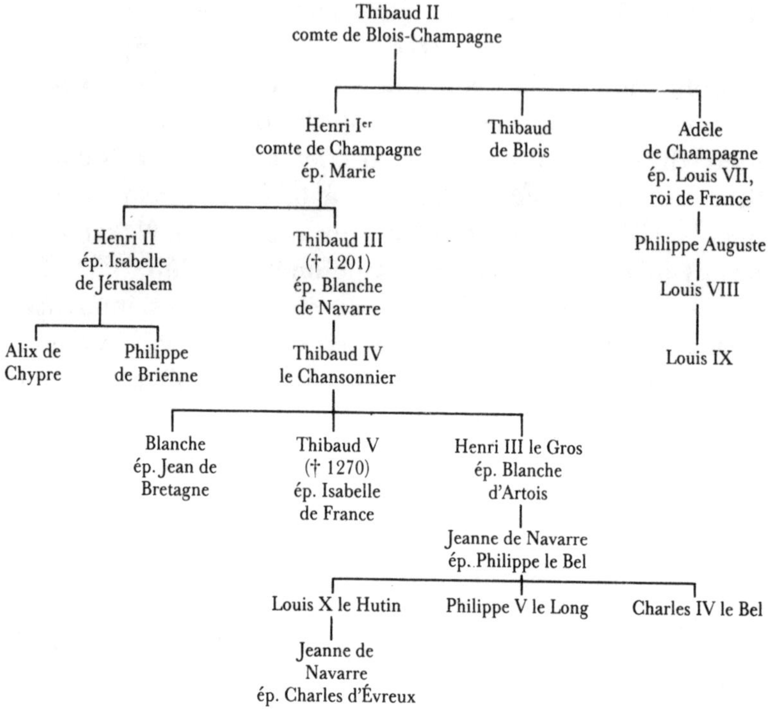

Blanche devait tenir de son père quelque impulsivité. Son royaume de Navarre était convoité à la fois par la Castille et par l'Aragon, ses deux voisins. Blanche, cherchant un défenseur, fiança sa fille successivement avec Edmond, fils du roi d'Angleterre (celui-ci était suzerain de la Guyenne), et avec En Peyre, fils du roi d'Aragon ; puis elle s'enfuit en France avec son enfant ; l'année suivante, par le traité d'Orléans (mai 1275), elle promettait pour la troisième fois sa fille en mariage, et cette fois au fils du roi de France, le prince Louis. Comme celui-ci allait mourir l'année suivante, c'est au second fils, Philippe, le futur Philippe IV le Bel, que Jeanne fut destinée.

Le mariage eut lieu à Estella en 1284, tandis qu'en Navarre le frère de Blanche, un autre Robert d'Artois, s'occupait de régler la question par les armes.

La suite de l'histoire mérite d'être contée. Le bel héritage de Champagne-Brie était désormais sous l'administration du roi de France ; mais il n'en eut pas aussitôt la propriété, puisque les femmes restent alors maîtresses de leurs biens propres. Quand Jeanne de Navarre mourut le 4 avril 1305, ce n'est pas son mari qui en hérita, mais bien son fils, Louis — pour l'histoire Louis X, surnommé le Hutin —, ainsi il faudra attendre que Louis monte à son tour sur le trône, en 1314, pour que Champagne et Brie fassent officiellement partie des domaines de la couronne.

Quant à la Navarre, elle allait être octroyée, non à l'héritier de France, mais au cadet ; en fait, ce fut donc le second fils de Philippe IV le Bel et Jeanne qui la recueillit : c'était un autre Philippe, qui devint Philippe V le Long et quand lui-même succéda à son frère en 1316, la Navarre passa au troisième frère, le prince Charles, devenu roi sous le nom de Charles IV en 1323. Il fit alors don de la Navarre à l'unique fille et héritière de son frère aîné, Louis X le Hutin, qu'une disposition de Philippe le Bel avait fait écarter du trône ; Jeanne épousa Philippe d'Évreux. La Navarre passa quelque temps à la maison d'Évreux ; puis par le jeu des alliances, à la maison de Foix, et enfin à la maison d'Albret. Un beau jour l'un des descendants de cette maison d'Albret, fils de Jeanne d'Albret et d'Antoine de Bourbon, devait monter sur le trône de France ; il prit le nom de Henri IV, roi de France et de Navarre.

Mais on se trouve alors bien loin des usages féodaux et des subtilités qu'ils pouvaient entraîner dans la dévolution des biens, comme dans les relations entre les personnes. Reste que cette enclave au-delà des Pyrénées aura en France valeur sentimentale, et que, de part et d'autre de la montagne, Espagnols et Français se regarderont volontiers en frères, quitte à s'entre-déchirer parfois comme peuvent le faire des frères ennemis.

Ainsi la disparition du roi de Navarre Thibaud V, événement fortuit s'inscrivant dans la série noire qui succède à la mort de Saint Louis, marque-t-elle le début d'un processus grandiose de renforcement du royaume de France au détriment de quelques-uns des plus beaux fiefs de la féodalité française.

Chapitre IV

MORT DE LA REINE

Or m'en viens à chevalerie
Qui aujourd'hui est ébahie ;
Je n'y vois Roland n'Olivier :
Tous sont noyés en un vivier.

Rutebeuf,
L'état du monde.

Lorsque le roi Philippe III reprit la mer à Trapani, il emportait quatre chargements funèbres : les ossements de son père, ceux de son frère Jean-Tristan, ceux de Thibaud de Navarre, plus ceux du chambellan Pierre de Villebéon. Le cortège atteignit sans encombre les côtes de la Calabre. Laissons à nouveau la parole à Pierre de Condé :

« Notre roi, après avoir passé le phare de Messine, arriva à Cosance, ville de la Calabre, le dimanche d'après l'Épiphanie. La douleur et les fatigues du voyage y firent accoucher la reine avant terme. Son enfant passa presque aussitôt du sein de sa mère au tombeau, la laissant dans les larmes et dans l'affliction. Mais Dieu permit dans sa clémence que cette princesse mourût dans l'excès de ses douleurs au milieu de la nuit du mercredi d'avant la Chandeleur. Notre roi est fort affecté de cette mort et l'on craint pour lui-même s'il persévère longtemps dans son désespoir. De Cosenza il doit partir pour Rome et de là se rendre en France, Dieu aidant ; car comme il meurt tant de monde de l'armée, soit auprès, soit autour de lui, et qu'il y a tant de malades, il n'est presque personne qui puisse se promettre d'échapper à la contagion ; priez donc Dieu pour moi. » Ainsi écrit-il au prieur d'Argenteuil aux alentours de la fête de la Purification (2 février 1271).

Sa lettre résume donc un autre événement tragique qui vint accentuer le caractère funèbre du convoi. Isabelle d'Aragon, qui était enceinte, dut traverser à cheval un gué dont les eaux étaient fortes à cause de la mauvaise saison. Le cheval prit peur, la reine fit une chute d'où l'événement fatal que raconte Pierre de Condé : « Elle perdit l'enfant qu'elle portait et qui ne tarda pas à mourir » ; Isabelle le suivit dans la mort le 28 janvier 1271 ; elle avait vingt-quatre ans.

On conserve aujourd'hui dans la cathédrale de Cosenza, en Calabre, un monument sur lequel se sont penchés les historiens d'art. Il s'agit d'une sorte de stèle tripartite comportant trois personnages, sous autant d'arcades trilobées : au centre, la Vierge et l'enfant, à droite, agenouillé, on voit Philippe le Hardi ; à gauche, donc à la droite de la Vierge, la jeune reine Isabelle d'Aragon ; son visage porte des marques très nettes qui peut-être ne sont, comme certains l'ont soutenu, qu'un défaut dans la veine du marbre employé — ou encore, selon certains, le souci de réalisme par lequel l'artiste aurait tenu à montrer l'état de son visage après sa chute : la joue tuméfiée et endolorie. On ne sait. Toujours est-il que ce monument s'élève sur la tombe des chairs d'Isabelle qui furent déposées là comme celles de Louis IX l'avaient été à Monreale, tandis qu'un nouveau chargement, contenant les os de la reine, s'ajoutait aux précédents. Philippe fut, comme l'indique son chapelain, très affecté par ce nouveau deuil. En huit années de mariage, Isabelle lui avait donné trois fils : Louis qui mourut avant de régner, en 1276 ; Philippe qui devint Philippe IV le Bel et Charles né juste avant le départ pour la croisade, le 12 mars 1270, et qui deviendra Charles de Valois. Ce n'est que trois ans plus tard, en 1274, que Philippe III se remariera avec Marie, fille d'Henri III, duc de Brabant. Ce remariage du roi Philippe III va amorcer une évolution considérable dans les mœurs de la cour de France. Marie était, disait-on, « belle, sage et bonne », mais son influence n'était pas toujours heureuse ; elle avait pour amie intime Mahaut d'Artois, fille de Robert ; or celui-ci était le neveu et l'allié fidèle de Charles d'Anjou, dont la politique ambitieuse allait entraîner bien des guerres en Méditerranée. Autour de la nouvelle reine se constitua toute une cour de jeunes barons turbulents qui allaient donner à la chevalerie une allure remuante et romanesque, avide de combats et de coups d'épée, et donc fort différente de celle qu'avait animée l'esprit de la chevalerie un siècle plus tôt, au temps où celui qu'on avait adoubé devait mettre son épée au service du faible. Le frère de Saint Louis, Robert d'Artois, semble avoir incarné l'un des premiers cet aspect batailleur et frivole de la chevalerie finissante, celle qui recherche l'exploit pour lui-même, et éventuellement pour se tailler une renommée facile.

A la Mansourah, l'an 1250, lors de la première expédition du roi Louis IX en Terre sainte, il s'était élancé follement contre les ordres reçus et sans attendre le gros de l'armée qui traversait à gué le bras du Nil ; il avait ainsi surpris le sultan dans son camp et remporté une brillante victoire suivie d'un véritable massacre, les Sarrasins s'étant ressaisis ; il avait mis le reste de l'armée en un péril qui aurait dû être fatal, n'eût été l'énergie de son frère aîné, qui réussit à rallier les combattants harcelés et à regrouper ceux qu'une indiscipline inexcusable avait dispersés.

On verra se créer aux siècles suivants des ordres de chevalerie qui codifient les règles de comportement de cette nouvelle caste : il ne s'agit plus alors de se vouer au service du faible, ni même de la Dame, mais de former une assemblée choisie, désignée d'ailleurs par le roi ou par le maître de l'ordre, et qui réunit périodiquement ses membres, vêtus de costumes splendides, pour prendre part à des banquets qui parfois dégénèrent en orgies. Ainsi en fut-il lors de la création de l'ordre de l'Étoile fondé par Jean le Bon (devenu roi en 1350). Cet ordre « à l'honneur de Dieu, de Notre-Dame et en exhaussement de chevalerie et accroissement d'honneur », ne faisait guère qu'imiter l'ordre de la Jarretière créé un peu auparavant par le roi d'Angleterre Édouard III. Les chevaliers qui en faisaient partie se réunissaient à la « noble maison », un manoir situé à Saint-Ouen ; et là, au cours d'une fête annuelle, chacun devait « raconter toutes ses aventures sur son serment qui advenues lui étaient en l'an, aussi bien les honteuses comme les honorables ».

Il était interdit aux chevaliers dans le combat de reculer de plus de quatre arpents. Honneur et bravoure, certes, mais dans la ligne de ce Jean de Bohême, dit « Jean l'Aveugle » qui, à la bataille de Crécy, sachant que le combat tournait mal, s'est fait attacher sur son cheval et précipiter au milieu de la mêlée. L'exploit sera renouvelé à la bataille d'Azincourt par Antoine de Bourgogne se jetant dans la mêlée, et rejoignant la bataille commandée pourtant par celui qui était son ennemi personnel, le connétable d'Armagnac. L'un et l'autre, et ceux qui l'imitèrent, manifestaient cette frénésie d'exploits qui avait habité le frère de Saint Louis, Robert d'Artois.

Ainsi, d'un siècle à l'autre, de 1250 à 1350, a-t-on vu

croître une sorte de caricature de la première et véritable chevalerie, qui exaltait la prouesse individuelle au lieu de l'effort commun, et fortifiait aussi la vanité de ses membres au lieu de les inciter à se mettre au service des autres : de la vie on passait au roman, à une sorte de théâtre dans lequel chacun s'octroyait un rôle. Et cela à grands renforts de statuts, de règles et prescriptions, car l'époque médiévale codifie volontiers et cela aussi la caractérise par contraste avec l'époque féodale. Dans les statuts de l'ordre de la Toison d'or proclamés et réunis par le duc de Bourgogne au XVe siècle, il est écrit que « le chevalier sera débouté *(privé)* de cet ordre s'il lui arrive de s'enfuir du champ de bataille une fois que les bannières auront été déployées et le combat commencé ».

Entre-temps d'ailleurs toutes sortes d'ordres auront été fondés ; celui que Louis de Tarente instaure à Naples : ordre du Saint-Esprit au Droit Désir ou ordre du Nœud jusqu'à celui de l'Écu verd à la Dame blanche créé par le valeureux maréchal de Boucicaut, sans parler des ordres de Saint-Michel et du Saint-Esprit, créés plus tard encore par Louis XI et par Henri III. Les uns et les autres se perpétueront jusqu'en notre temps à travers les diverses récompenses nationales.

Or, durant le même temps, l'esprit véritable, celui de la chevalerie à proprement parler, disparaissait. C'était grave du point de vue social, non seulement parce que dans cette chevalerie première on ne confondait pas chevalerie et noblesse et qu'on avait vu armer chevaliers des bourgeois et même des serfs, mais aussi et surtout parce que l'influence féminine qui avait présidé à sa création et encouragé en cela les efforts de l'Église pour faire l'éducation du combattant et du soudard, se trouvait évacuée. Avec le recul du temps on peut considérer comme un événement de première importance la mort de la reine Isabelle sur ce chemin du retour qui prend de plus en plus l'allure d'un convoi funéraire. Elle permet, avec l'arrivée de la nouvelle reine Marie, le surgissement d'un monde qui va répudier l'esprit même de la féodalité. La femme ne jouera plus le rôle éminent qu'elle connaît au sein de la société féodale où les deux termes, masculin/féminin, s'équilibrent, se complètent dans une mutuelle interdépendance. Le sort de la reine va figurer cette décadence qui s'instaure et bientôt s'affirme. C'est le fils même de Philippe III et d'Isabelle d'Aragon, Philippe IV le Bel, qui va restreindre la capacité pour la femme de succéder au fief : première atteinte à des droits que personne jusqu'alors n'avait mis en question.

Le jour même de sa mort, le 29 novembre 1314, sont scellées les lettres royales ordonnant et déclarant, à propos du comté de Poitiers, apanage du prince Philippe, le second des fils de Philippe le Bel : « Il pourrait advenir que ledit Philippe... (meure) sans héritier mâle... laquelle chose nous ne voudrions pas ni que la comté fût en mains de femelle » ; et c'est pour éviter qu'il puisse échoir à une femme que le roi déclare : « Au cas où ce comte de Poitiers mourrait sans laisser d'héritier mâle, nous voulons et ordonnons que la comté de Poitiers retourne à notre successeur roi de France et soit rejoint au domaine du royaume. » Sans doute s'apprêtait-il à prendre une disposition semblable pour les apanages constitués pour son dernier fils Charles, alors comte de La Marche. Cette exclusion des femmes par Philippe IV le Bel est intimement liée à une tragédie familiale qui est l'un des moments les plus dramatiques de notre histoire.

C'est au mois de mai 1314 — deux mois après la mort du maître du Temple, Jacques de Molay, et de son compagnon, Geoffroy de Charnay, sur le bûcher dans l'île de la Cité, un mois après la mort de Guillaume de Nogaret, âme damnée du roi — qu'un scandale éclate à la cour de France. Chose notable, la fille de Philippe le Bel, Isabelle, celle que les Anglais surnommeront la Louve de France, est présente. La reine d'Angleterre — méchante et jalouse du bonheur d'autrui, elle qui est l'épouse d'Édouard II, un homosexuel — attire l'attention du roi son père sur les bourses brodées que portent deux de ses belles-filles ; il s'avère que ces bourses leur ont été données par deux chevaliers, les deux frères d'Aunay, Gauthier et Philippe. De là à les soupçonner d'être les amants des deux princesses, Marguerite de Bourgogne, épouse de Louis, et Blanche d'Artois épouse de Charles, il n'y avait qu'un pas qu'Isabelle de France franchit rapidement et fit franchir par le roi son père. En quelques jours les deux princesses étaient accusées d'adultère et pour faire bonne mesure on accusait aussi Jeanne, l'épouse de Philippe, comte de Poitiers, qui était la sœur de Blanche : si elle-même n'était pas coupable, n'aurait-elle pas dû dénoncer sa sœur et sa belle-sœur ? Des liens étroits de parenté unissent les trois princesses, non seulement parce qu'elles sont les épouses des trois fils du roi, mais aussi par leur origine propre : Marguerite est fille du duc Robert de Bourgogne, Blanche et Jeanne, elles, sont filles d'Othon IV de Bourgogne et de Mahaut d'Artois.

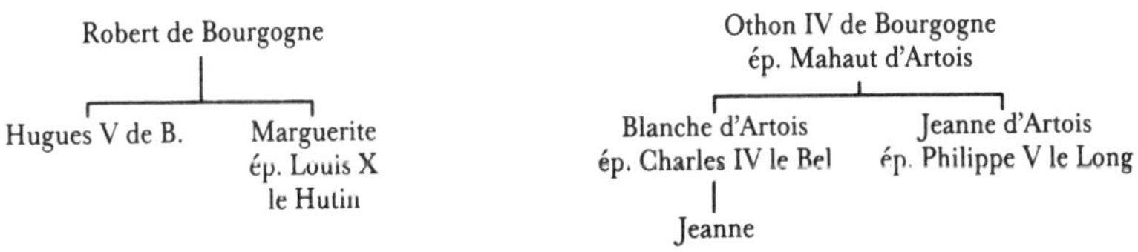

Ce qui étonne, c'est la promptitude avec laquelle Philippe le Bel prend contre ses trois belles-filles des mesures draconiennes et la terrifiante justice qu'il applique aussitôt à leurs amants supposés — car en fait la torture va jouer son rôle avant l'accusation aussi bien que lors du châtiment; les deux jeunes chevaliers, Philippe et Gautier d'Aunay, meurent dans des supplices effroyables : écorchés vifs, mutilés, avant que leurs cadavres ne soient pendus au gibet.

On ne voit pas dans l'histoire de la dynastie capétienne d'équivalent à une pareille tragédie, ni, dans les annales de la justice d'alors, une sévérité comparable à celle ainsi déployée pour une cause d'adultère qui finalement n'a été « prouvée » que par la torture. Aussi la sentence laissait-elle pantois le peuple de Paris et en général celui du royaume, tandis qu'on s'étonnait de la dureté avec laquelle étaient traitées les trois princesses « coupables ».

Jeanne d'Artois, qui n'avait rien à se reprocher, avait été emprisonnée à Dourdan ; elle n'y demeura que quelques mois ; sa mère Mahaut soutint sa cause devant le Parlement de Paris qui, bien sûr, prononça son acquittement; à la fête de Noël, elle se retrouvait à la cour de France; son beau-père l'accusateur était mort — et son époux, Philippe de Poitiers, le futur Philippe V, dit le Long, la reprit pour épouse. Mais les deux autres furent durement traitées; enfermée à Château-Gaillard, Marguerite allait mourir littéralement de froid dans sa prison durant l'hiver de l'année 1314-1315, tandis que Blanche n'en sortait que dix ans plus tard pour gagner le couvent de Maubuisson où elle mourut sous l'habit religieux.

Ce pénible épisode montre à quel degré de mépris l'on était parvenu pour le sexe féminin, même de sang royal, moins d'un demi-siècle après la dernière sainte entreprise de Louis IX. Le crépuscule de la féodalité dans ses mœurs courtoises fait place aux ténèbres de la passion anti-féministe.

Le châtiment des brus du roi aura des conséquences

plus pénibles encore pour la famille royale ; en quatorze ans va s'éteindre une dynastie dont les membres se sont succédé de père en fils depuis plus de trois cents ans. Hugues Capet était monté sur le trône en l'an 987 ; de cette date à celle de 1328, il y a exactement 341 ans ; il s'est donc écoulé davantage de temps du début à la fin de la lignée capétienne directe, que de la mort d'Henri IV (1610), à la fin de la guerre de 1940. La brutalité avec laquelle disparaît la dynastie en moins de quinze ans est aussi matière à réflexion. On a le sentiment que la férocité déployée par Philippe le Bel envers ses trois belles-filles préparait et en tout cas présageait cette destruction d'une famille par elle-même, d'autant plus étonnante qu'elle anéantit ce qui faisait précisément la force de la vie féodale : la famille, la solidarité familiale qui l'animait. Il est curieux qu'aucun psychanalyste ne se soit jamais penché sur un cas qui semble bien relever de sa discipline : que l'influence d'Isabelle sur son père ait pu être violente au point de déclencher de sa part un véritable accès de furie contre ses trois belles-filles et contre les jeunes gens qui osaient leur faire la cour, cela paraît pourtant assez suspect, d'autant plus qu'il ne pouvait ignorer que sa fille elle-même n'était pas exempte de reproches (c'est le moins qu'on en puisse dire !). On sait mieux aujourd'hui quels ressorts secrets font agir les maniaques du pouvoir ; or Philippe le Bel a été l'un de ces maniaques du pouvoir : une singularité en son temps — dissimulant sous son masque impassible d'inavouables passions. Du moins peut-on le supposer ; ce serait une tentative d'explication du personnage qui en vaudrait bien une autre.

Toujours est-il que les fils de Philippe le Bel allaient tous disparaître sans postérité masculine. Le premier, Louis X le Hutin, sacré à Reims le 24 août 1315 et dont l'épouse, la malheureuse Marguerite de Bourgogne était morte à Château-Gaillard, remarié le 19 août avec Clémence de Hongrie n'en aura qu'un fils posthume dans la nuit du 13 au 14 novembre 1316, Jean Ier, mort une dizaine de jours plus tard.

Le second fils, Philippe V le Long, mort en 1322, ne laissera que des filles.

Le troisième fils de Philippe le Bel, Charles IV dit le Bel, sacré comme ses frères à Reims en 1322, mourra six ans plus tard au château de Vincennes, le 1er février 1328, ne laissant lui aussi que des filles.

En 1328 demeuraient donc en présence en fait de descendants mâles, Philippe, comte d'Évreux, en tant qu'époux de Jeanne de Navarre, fille de Louis X ; Édouard III, roi d'Angleterre, petit-fils de Philippe le Bel par sa mère Isabelle, la Louve de France ; enfin Philippe, comte de Valois, qui était, lui, le neveu de Philippe le Bel, fils de son frère, Charles de Valois — et c'est alors que l'Université de Paris redécouvre opportunément une certaine « loi salique » (datant du VIe siècle et qui n'avait jamais reçu d'application) ! Philippe de Valois est choisi par l'Assemblée des pairs et barons du royaume. Son rival anglais en prendra prétexte et de cette dispute sortira la guerre, la trop fameuse guerre de Cent Ans.

Étrange enchaînement que ces dégradations parallèles de la situation de l'État et de la condition féminine. La mort d'Isabelle d'Aragon sur le lent chemin du convoi funèbre de Louis IX a sonné le glas de l'abdication à laquelle allaient être contraintes cinquante ans plus tard les plus illustres des princesses royales, encore heureuses si on ne les stigmatisait pas cruellement comme les brus du roi Philippe le Bel.

Dès la mort de Saint Louis l'influence de l'Université de Paris, résolument antiféministe, est perceptible ; s'y ajoutera celle du Parlement de Paris dont on sait qu'il va prendre un arrêt, deux siècles et demi plus tard, pour « interdire à la femme toute fonction dans l'État ». Le royaume se ressentira cruellement de cet éloignement de la reine. Mis à part la régence de Catherine de Médicis au XVIe siècle, la reine effectivement n'aura aucune influence par la suite ; aux XVIIe et XVIIIe siècles, le pouvoir de la femme ne se fera plus sentir que dans l'alcôve ou dans la coulisse. C'est souligner qu'aucune influence féminine valable ne s'exerce désormais et ne fait équilibre à l'ambition masculine, à l'esprit de conquête, au goût du pouvoir pour le pouvoir. La remontée du droit romain aidant, ce « masculinisme » intégral imprégnera peu à peu jusqu'à nos coutumes ; il régnera en maître absolu dans notre Code civil issu du Code Napoléon.

Chapitre V

L'ERMITE DE CALABRE

Bien nous ont montré tous les saints
qui tant furent pour Dieu destraints,
que ce que Dieu dit n'est pas fable,
Et que n'est controuvé ni feint
Ce que Sainte Écriture a peint.

Hélinand de Froidmont,
Les vers de la Mort.

On ne peut évoquer le douloureux épisode de Cosenza où mourut la reine de France et l'enfant qu'elle portait sans penser à tout ce qui agitait alors la Calabre, et, bien au-delà, le monde religieux en cette deuxième moitié du XIIIe siècle. C'est en effet dans le massif de la Sila, non loin de Cosenza, que le singulier personnage qu'on appelle Joachim de Flore avait fondé le monastère auquel il doit son nom et composé les œuvres qui ont assuré son renom.

Et s'il était mort bien auparavant, en 1202, ses prédictions, qui portaient précisément sur la période de 1260 et des années suivantes, lui valaient un regain de popularité qui dépassait largement les limites de l'Italie méridionale.

Étrange figure que celle de ce personnage qui, en dépit d'une volonté certaine de sanctification (il a même compté au nombre des bienheureux), n'en a pas moins été au point de départ d'un certain nombre d'erreurs et d'errances qui auront fait long feu dans l'histoire de l'Église et plus encore dans l'évolution de la pensée en général. Un livre très remarquable du cardinal de Lubac a récemment fait le point sur cette question d'ailleurs fort embrouillée : *La Postérité spirituelle de Joachim de Flore.*

Trois quarts de siècle plus tôt, deux rois avaient tenu, sur la route de la Terre sainte, à rendre visite à Joachim : Philippe Auguste, l'arrière-grand-père de Philippe le Hardi, et Richard Cœur de Lion ; cela se passait en 1190-1191. C'est dire quelle renommée était celle de l'ermite de Calabre.

Il n'était pourtant alors que l'abbé du monastère cistercien de Corazzo. Né probablement en 1132 à Celice en Calabre, il se serait converti au cours d'un pèlerinage en Terre sainte et d'un séjour à Constantinople, et était entré chez les Cisterciens, à Sambucina près de Bisignano, avant de faire profession dans le monastère de Corazzo dont en 1177 et contre son gré il avait été élu abbé. Cependant, en 1191, peu après le passage en Sicile des deux rois qui gagnaient la Palestine pour tenter de reconquérir Jérusalem, il avait quitté son monastère cistercien, d'abord pour vivre en ermite dans la solitude de Pietra Lata, puis pour fonder, sous le vocable de saint Jean l'Évangéliste, le monastère de San Giovanni in Fiore d'où est tiré le nom qu'il porte devant l'Histoire ; il souhaitait, disait-il, mener une vie plus retirée, plus contemplative encore que chez les Cisterciens. On connaît mal la règle de l'ordre de Fiore, les constitutions étant perdues ; mais elles avaient été sans nul doute approuvées par le pape et connurent une certaine diffusion puisqu'on compta en Italie jusqu'à trente-huit maisons de l'ordre de Fiore qui tomba en décadence au XVIe siècle, les membres restant alors étant entrés soit chez les Dominicains, soit chez les Chartreux. Bien auparavant le fondateur lui-même était mort, très probablement le 30 mars 1202.

Joachim de Flore eut la réputation d'être un saint et un prophète. Sa volonté d'ascèse, son goût pour la contemplation ne font aucun doute. En fait de prophétie, celles qu'il a émises étaient assez peu convaincantes pour l'immédiat : n'avait-il pas annoncé à Richard Cœur de Lion qu'il remporterait une victoire prochaine sur Saladin et que celui-ci succomberait sous ses coups ?

Mais l'ermite de Fiore allait plus loin et déclarait que l'Antéchrist était déjà né à Rome, et qu'il monterait bientôt sur le trône pontifical. Il assurait à un contemporain, fameux lui aussi, mais d'une tout autre façon, Adam de Perseigne, que le pape Innocent III n'aurait pas de successeur et que la ville signifiée par la Babylone de l'Apocalypse n'était autre que Rome. Sur quoi, l'abbé de Perseigne commentait sagement : « Ce qu'il faut penser de son assertion, ou plutôt de son opinion, les successeurs en jugeront mieux. »

Car le don prophétique de Joachim de Flore, si tant est qu'on puisse ainsi l'appeler, repose sur une interprétation de l'Apocalypse ; et ce n'est, certes, ni la première ni la dernière fois que le livre final du Nouveau Testament a donné lieu à des interprétations sur les temps futurs ; ce qui est plus particulier à Joachim, c'est qu'il pense avoir trouvé « la clé de David », être parvenu par la grâce du Christ à une intelligence spirituelle des Écritures qui lui permet de prévoir l'avenir. Or, pour lui, on se trouve à son époque près d'aborder une nouvelle phase de l'Histoire de l'humanité ; pour tous les chrétiens, il y eut l'Ancien Testament ; puis, avec le Christ, est apparu le Nouveau Testament ; mais, ajoute Joachim, « l'Esprit a daigné se révéler aux hommes dans la colombe et dans le feu... Ce temps qui est appelé de la grâce, se divise donc en deux portions de temps, distinction absolument nécessaire ». Et pour lui un temps va venir où « l'eau de la lecture évangélique va être convertie en vin ». On se trouve donc à l'approche d'un troisième état, lorsque « une autre Église... porteuse de l'Évangile spirituel du Christ va se manifester ; l'Esprit Saint, nous enseignant toutes les vérités, nous fera désirer le jour définitif de l'entrée dans la gloire ; c'est là ce que saint Jean dans son Apocalypse dénommait l'Évangile éternel [1] ».

Ainsi allait apparaître un « troisième âge » de l'humanité ; il y avait eu d'abord « un temps où les hommes vivaient selon la chair ; il a duré jusqu'au Christ, et commencé avec Adam... Un autre (temps) où l'on vit à la fois selon la chair et selon l'Esprit ; il a duré jusqu'au moment présent... Il y aura un temps où l'on vivra en Esprit. Il durera jusqu'à la fin du monde, et a commencé avec le Bienheureux Benoît... Dans l'un on a été sous la Loi, dans l'autre nous sommes sous la grâce ; dans le troisième que nous attendons prochainement, nous serons sous une grâce plus abondante... Chacun de ces temps est comme incarné dans la société : le premier est l'âge des gens mariés, le second celui des clercs, le troisième celui des moines ; or on va voir apparaître des moines tout spirituels, dont tous les moines depuis saint Benoît n'ont été que des précurseurs, et qui vivront intégralement dans la contemplation... Heureux cet Ordre que Dieu aime pardessus tout, qui jouira de la vision de la paix et dominera de la mer jusqu'à la mer et du fleuve jusqu'aux limites du monde ! »

Un moment viendra donc où l'Église visible sera comme absorbée par l'Église spirituelle : ce moment, Joachim de Flore croit le voir ; la date pour lui en est prochaine ; il distingue sept temps dans le Nouveau Testa-

1. Cardinal Henri de Lubac, *La Postérité spirituelle de Joachim de Flore. De Joachim à Schelling*, Lethielleux, 1979, p. 50.

ment ; or l'on en est au sixième ; et d'annoncer une ère de persécutions, de grands bouleversements, après lesquels viendra une période qu'il appelle « sabbatique », où régneront le calme et le bonheur. C'est alors qu'apparaîtra l'ordre spirituel ; Orientaux et Juifs reviendront à l'unité et enfin sera révélé l' « Évangile éternel ». Ce qui signifie pour lui, non, comme on l'a souvent cru, un nouvel Évangile, mais une interprétation purement spirituelle de l'Évangile. Ce troisième âge, il en assigne l'avènement en l'année 1260 ; cela, à la suite de divers calculs mystiques. D'ici là et avec quelque exaltation, Joachim s'en prend à tous ceux qui dans l'Église lui semblent imbus d'eux-mêmes, pleins de corruption et d'avidité, notamment dans le clergé ; et l'on conçoit qu'à l'Église des clercs il souhaite voir succéder l'Église des contemplatifs : « A l'âge de Pierre, succédera l'âge de Jean » ; le Christ lui-même est « figure » de l'Esprit, tout comme Jean-Baptiste était figure du Christ. Ainsi, contrairement aux prophéties millénaristes qui n'ont jamais manqué, il voyait dans l'avenir et sur cette terre même l'avènement d'une nouvelle page de l'histoire humaine où régnerait l'Esprit.

On l'a fait remarquer, semblable exégèse minimisait en fait le rôle du Christ, la personne de Jésus, pour ne rien dire de l'Église par Lui fondée ; ce n'est plus le Christ qui occupe le centre de l'Histoire humaine, il ne fait que signifier et préparer « la plénitude spirituelle du troisième âge ». En fait la tentative de Joachim de Flore est la première à faire concevoir une Église sans le Christ ; on peut considérer l'ermite calabrais comme le chef de file de toute une légion d'utopistes qui de siècle en siècle annonceront la « Cité contemplative »... « vivant dans la charité parfaite et l'humilité de l'esprit » et ce sont à peu de chose près les mêmes qui pour finir en viendront à voir en ces lendemains lumineux auxquels doit s'attendre l'humanité, non plus l'œuvre de l'Esprit, mais uniquement celle de l'homme. « Rêves disparates d'inégale valeur », comme le constate le cardinal de Lubac, mais qui représentent tous de façon plus ou moins lointaine le développement des « prophéties » de l'abbé de Flore.

Or, sans parler de ses conséquences lointaines, les vaticinations du Calabrais ont provoqué bien des remous après sa mort, du fait de l'avènement assez subit des ordres mendiants, Frères prêcheurs et Frères mineurs qui, à l'appel de saint Dominique et de saint François, connaissent très vite un immense succès. Dès la date de 1210 le pape Innocent III approuvait la fondation de saint François d'Assise et six ans plus tard, Honorius III confirmait de même les Frères prêcheurs qu'avait fondés saint Dominique. La tentation était grande de voir dans les ordres mendiants cet avènement des Frères spirituels du troisième âge dont il avait prophétisé l'expansion. Cela fut dit expressément de l'ordre de saint Dominique ; et plus encore, avec insistance, des Frères mineurs, en assimilant François d'Assise et ses visions séraphiques à l' « Ange du sixième sceau ».

Une légende se répandit même, selon laquelle Joachim aurait fait peindre d'avance dans sa cellule un moine dans lequel on a vu alternativement un Dominicain ou un Franciscain, dans le costume qu'allaient porter les Mendiants. En fait, dès leurs débuts, ces ordres, et les Franciscains surtout, établirent des contacts en Italie avec les monastères de Flore. Un personnage que le roi Saint Louis avait rencontré, et dont Joinville parle dans ses *Mémoires,* Hugues de Digne ou de Barjols, frère de sainte Douceline, béguine de Marseille, voit en François d'Assise la plus grande merveille que l'Église eût connue depuis le temps des Apôtres.

Or, les prophéties de Joachim allaient attiser semblable

tendance et servir en bien des cas de support à ce mouvement des Franciscains dits spirituels, qui agitait vivement l'Église, dès le milieu du XIIIe siècle. Plus d'un pouvait voir dans l'effervescence qu'il provoqua la réalisation de cette accession au milieu de troubles de toutes sortes, d'une Église de l'Esprit. Quelqu'un d'ailleurs s'appuyait sur les prédictions de Joachim pour faire valoir qu'il les réalisait dans sa personne, et c'est l'empereur Frédéric II, qui se donnait, à Rome, le titre de « vicaire du Christ ». Mais, sans parler de ces interprétations intéressées, Joachim de Flore trouvait dès lors des disciples plus catégoriques encore et plus absolus que le maître, en la personne par exemple d'un porte-parole des spirituels, Gérard de Borgo di San Donnino. C'était pour l'Université de Paris, qui entendait proscrire son accès à tous les Mendiants, Dominicains ou Franciscains, l'occasion d'un vif débat, porté devant le pape en 1255 à Anagni. L'un des maîtres séculiers de l'Université de Paris, Guillaume de Saint-Amour, s'y répandait en violentes diatribes contre les Franciscains et l'on trouvera des échos de ses attaques jusque dans la seconde partie du *Roman de la Rose* de Jean de Meung pour qui l' « Évangile éternel » eût ruiné la chrétienté, si l'Université de Paris n'y avait pris garde. Ainsi un temps de confusion, marqué d'excès de langage et d'une violente crise religieuse, secoue les esprits à l'époque même de Saint Louis. On en a d'ailleurs des échos par la chronique d'un frère franciscain, Fra Salimbene, qui ne cache pas avoir partagé cette effervescence des doctrines de Joachim ; l'année 1260 fut, en Italie surtout, une année de terreur millénariste. Comme l'écrit Henri de Lubac [1] : « Un souffle violent d'Apocalypse passa sur une grande partie de l'Europe. » C'est alors qu'on voit

1. *La Postérité spirituelle de Joachim de Flore, op. cit.*, p. 89.

apparaître, dans l'Italie centrale, les premiers groupes de flagellants qui, en chantant les psaumes de pénitence, parcouraient les campagnes et bientôt les villes, exhibant leur ascèse par des flagellations publiques. Salimbene, en homme positif, lorsqu'il vit l'année 1260 révolue, écrivit : « J'abandonnai alors tout à fait cette doctrine de Joachim de Flore et me résolus à ne croire qu'aux choses que j'aurais vues. » Le bon sens l'emportait chez lui ; mais les excès de ce genre produisent toujours quelques ravages, et l'exploitation qu'en avait faite l'Université de Paris profitait aux maîtres séculiers, lesquels n'hésitaient pas à englober dans leur ostracisme des maîtres tels que Thomas d'Aquin et Bonaventure. On sait par ailleurs que la querelle des spirituels allait longuement se poursuivre dans l'ordre franciscain.

Et ces controverses n'étaient pas, loin de là, les seules qui agitaient l'Église en cette époque troublée. Au conflit entre les maîtres séculiers de l'Université et les Mendiants, s'ajoutaient ceux entre les mêmes Mendiants et les évêques ou prêtres de paroisse ; ces derniers protestaient contre les exemptions qui faisaient des Frères mineurs et des Frères prêcheurs, surtout, une sorte de corps étranger dans la hiérarchie traditionnelle ; successivement les papes, Innocent IV, Alexandre IV, promulguaient des bulles favorables tantôt aux uns, tantôt aux autres, soulevant inévitablement des tempêtes.

L'Église ne se préoccupe pas moins de questions concernant l'ensemble de la chrétienté et notamment des rapports avec la communauté d'Orient. Ce souci se manifeste lorsque Louis IX entreprend pour la dernière fois le saint passage d'outre-mer.

Une très belle charte subsiste aux Archives nationales, à Paris, conservée au musée de l'Histoire de France. Elle est datée du 15 mai 1270. C'est une supplique adressée à

Saint Louis au moment où il va prendre la route de la Terre sainte ; le Sacré Collège des cardinaux lui demande de s'entremettre auprès de l'empereur de Constantinople, pour que soit enfin ménagée l'union de l'Église grecque et de l'Église romaine ; cette charte a conservé les dix-huit sceaux pendants de cire rouge sur cordonnets de soie rouge et jaune qui sont ceux des dix-huit cardinaux de l'Église romaine à l'époque. En effet le siège de saint Pierre est alors vacant : depuis deux ans ! A la mort du pape Clément IV, le 29 novembre 1268, les cardinaux se sont réunis à Viterbe, lieu de sa mort — Rome est alors en pleine anarchie et les insurrections populaires s'y succèdent. Mais le Sacré Collège n'est pas parvenu à s'entendre sur le choix d'un successeur. Ce sera dans l'histoire de la papauté le plus long interrègne. Au point que les gens de Viterbe, s'impatientant, vont enfermer les cardinaux dans l'Évêché où ils se réunissent, puis en détruire le toit pour que les intempéries les forcent à se mettre d'accord... De là naîtra plus tard l'institution du Conclave.

Tebaldo Visconti, originaire de Plaisance, qui se trouvait alors en Terre sainte, est enfin élu le 1er septembre 1271 sous le nom de Grégoire X. Il y a plus d'un an déjà que Saint Louis est mort. Mais le nouveau pape n'arriva à Viterbe qu'au mois de février 1272 ; le vide de la papauté avait donc duré presque quatre ans. Au moment de la mort de Saint Louis et de ce funèbre retour à travers la Calabre et les cités italiennes, la chrétienté n'a toujours pas de pape ; en revanche, après les désordres engendrés au milieu du siècle par les prétentions opposées des papes qui se sont succédé — en particulier Innocent IV — et de l'empereur Frédéric II de Hohenstaufen, elle aura beaucoup entendu parler du frère du roi, Charles d'Anjou.

Ce vide et les dissensions qu'il suppose ne font que

préluder à des crises plus graves encore. Qui donc aurait pu prévoir que le fils même de Philippe III et d'Isabelle d'Aragon, petit-fils de Saint Louis, serait en lutte ouverte avec le pape ? Qui donc aurait pu prévoir les injures portées contre le successeur de Pierre, Boniface VIII, à l'instigation du roi de France ? Et cette suite de procès menés contre les représentants de l'Église : un Bernard Saisset, évêque de Pamiers, un Guichard, évêque de Troyes et, plus encore, l'anéantissement de l'ordre du Temple, victime d'abominables accusations et succombant à une procédure injustifiable aux yeux de l'Histoire.

C'est en réalité une triste page qui s'ouvre pour la papauté en ces années qui suivent la mort de Saint Louis. Huit papes vont se succéder en l'espace de vingt années et, à la mort de Nicolas IV, le 4 avril 1292, on voit se reproduire les semaines, les mois, les années d'interrègne ; cette fois, ce n'est plus à Viterbe, c'est à Pérouse, dans le palais épiscopal, que le Sacré Collège est réuni : onze cardinaux seulement, mais aucun accord possible ; les factions romaines où s'affrontent les Colonna et les Orsini avaient leur prolongement jusque dans l'assemblée où l'un des cardinaux se nommait Napoléon Orsini et un autre Pierre Colonna.

C'est alors que le Conclave crut avoir une inspiration mystique ; il désigna, pour succéder à Pierre, un vieil ermite de quatre-vingts ans qui vivait dans la montagne des Abruzzes, sur le mont Majella. Il se nommait Pierre de Morrone et, entré tout jeune dans l'ordre de saint Benoît, il en avait fondé une branche plus spécialement vouée à la contemplation dans la solitude des montagnes. Et l'on imagine que, dans la foule, certains ont dû voir sa subite élévation au pontificat comme quelque lointain écho des prophéties issues de Joachim de Flore, qui continuaient à circuler, obstinément.

Était-ce vraiment par une désignation du ciel que Pierre de Morrone était sacré sous le nom de Célestin V le 25 août 1294 ? Non pas à Rome, mais à l'Aquila, une petite ville des Abruzzes. Charles d'Anjou était mort, mais son fils Charles II, roi de Naples, se montrait fort empressé auprès du nouveau pontife. Un saint homme certes, mais quelque peu dépassé par les tendances qui agitaient si tumultueusement l'Église depuis bien des années, en particulier celles des spirituels, ces Franciscains qui souhaitaient une pauvreté totale et aussi une absence totale d'autorité dans leur ordre. Le nouveau pape eut tôt fait de comprendre dans quelle situation inextricable il se trouvait ; au bout de quelques mois, revêtu des ornements pontificaux, il lisait le texte par lequel il renonçait au pontificat ; c'était le 13 décembre 1294.

Onze jours seulement après ce « grand refus » que Dante allait tant lui reprocher, Célestin V se voyait donner un successeur, le 24 décembre, en la personne de l'un des cardinaux, Benoît Caetani, qui prenait le nom de Boniface VIII. Avec le nouveau pape, il n'y avait certes plus à redouter les ferments anarchiques ni les agitations des spirituels ; c'était un canoniste, imbu de droit romain et de cette suprématie du pouvoir pontifical sur celui des princes temporels que venait de développer dans un traité fameux du *Gouvernement des princes* son ami Gilles de Rome (Gilles Colonna). Mais pour son malheur il allait avoir, en la personne du roi de France, un ennemi fort averti, remarquablement secondé par des légistes comme Guillaume de Nogaret, rompu lui aussi à l'étude de la loi romaine et jaloux d'une autorité que son ambition démesurée portait à une échelle qu'aucun de ses prédécesseurs de la lignée capétienne n'avait envisagée. Et Boniface VIII avait contre lui les conditions dans les quelles il avait été élu pape, le fait que l'acte d'abdication de Célestin V avait été probablement rédigé par lui, que sa légitimité prêtait donc à quelques doutes. Avec cela, il était, non moins que son partenaire de France, autoritaire et muni de doctrines qui l'étaient plus encore : fermement appuyé sur la logique aristotélicienne et la pratique du droit romain.

Après avoir été, durant tout le cours du XIIIe siècle, passablement malmenée par les ambitions impériales germaniques, l'Église sera au XIVe siècle sous la coupe du roi de France et de l'Université de Paris. En 1305, Philippe le Bel installe son protégé Bertrand de Got, natif de Villandraut en Guyenne et archevêque de Bordeaux, qui sera le premier pape d'Avignon. Il ne gagnera jamais Rome ; six autres papes lui succéderont, tous français ; ce n'est qu'en 1377 que les papes quitteront Avignon ; on désignera sous le nom de « captivité de Babylone » ce long éloignement de la papauté du Siège romain.

Ces multiples péripéties ne doivent pas nous faire oublier qu'il existe toujours à la Curie des hommes préoccupés de l'unité spirituelle. Les problèmes auxquels avait été confronté Saint Louis continuent de passionner la chrétienté. Ainsi les vœux du Sacré Collège en ce qui concerne l'union entre Église grecque et Église romaine ont paru se réaliser : en 1274 s'était ouvert le concile de Lyon, XIVe concile œcuménique de la chrétienté, où le seul point de doctrine sur lequel divergeaient les orthodoxes (la doctrine du *Filioque,* selon laquelle l'Esprit Saint procède du Père et du Fils) avait été accepté par l'empereur de Constantinople Michel Paléologue ; mais ce même concile allait être marqué d'un double deuil : Thomas d'Aquin, qui se trouvait à Naples, mourut à Fossanova le 7 mars, en s'y rendant. Tandis que Bonaventure, nommé peu de temps auparavant cardinal d'Albano, allait, après avoir assisté aux premières sessions ouvertes le 7 mai 1274, mourir le 15 juillet, un dimanche matin. Ainsi deux lumières de l'Église disparaissaient en même temps, et les espoirs non moins lumineux de réunion entre catholiques et orthodoxes devaient s'éteindre de même ; l'empereur Michel Paléologue était peu après excommunié par le pape Martin IV qui soutenait Charles d'Anjou dans ses ambitions en Méditerranée.

Saint Louis avait donc fermé à temps ses yeux. L'ère spirituelle prédite par Joachim de Flore était bien loin de s'être réalisée. L'immense aspiration qui, sans nul doute, avait nourri l'enthousiasme du saint roi était, quatre années après sa mort, en train de retomber. Et c'est devant le tombeau d'un prophète douteux qu'avaient fait étape en Calabre les dépouilles royales, comme dans une révérence de désillusion.

Chapitre VI

EN TERRE SAINTE

Vous, qui ma croix m'aidâtes à porter,
Vous en irez là où mes anges sont.

Thibaud de Champagne
Chanson de croisade.

Deux hommes avaient quitté Tunis en même temps que le convoi funèbre qui emportait le corps du Saint Roi. L'un était Édouard d'Angleterre, l'autre Charles d'Anjou. L'un et l'autre allaient être pareillement épargnés par les catastrophes qui suivirent.

Nous retrouverons plus loin Charles d'Anjou dont le nom et la destinée ont dominé les événements en Méditerranée durant les quinze ans du règne de son neveu Philippe III le Hardi. Quant à Édouard d'Angleterre, il devint bientôt le roi Édouard Ier, lorsque mourut son père Henri III Plantagenêt, le 16 novembre 1272. Édouard se trouva être dans l'intervalle l'homme de la Terre sainte, celui qui gardait à son vœu de croisé toute sa signification et vers qui se tournait par conséquent l'attention générale dans le Moyen-Orient.

La flotte qu'il dirigeait avait été préservée des désastres de l'effroyable tempête qui causa de tels ravages aux vaisseaux français dans le port de Trapani. Édouard s'était en effet dirigé sur Palerme où les vents furent beaucoup moins violents ; on ne manqua pas de voir dans cette circonstance l'effet de la décision prise par les Anglais d'accomplir sans délai l'expédition de Terre sainte pour laquelle il avait pris la mer. Sa flotte s'ébranla donc, une fois la mauvaise saison passée, en direction d'Acre, où elle arriva au printemps de 1271.

Mais entre-temps la Syrie franque avait subi de lourdes pertes. Tour à tour Sāfitā, le beau « Chastel-Blanc » des Templiers, puis l'orgueil de l'ordre des Hospitaliers, l'immense Krak des chevaliers, étaient tombés aux mains des Mamelouks. Il est saisissant de penser que cette double perte était due au sultan Baïbars — celui-là même avec qui avait traité, vingt ans plus tôt, Saint Louis ; il s'était révélé en 1250 à la bataille de la Mansourah et aussitôt après, lorsque les Mamelouks avaient tué, au cours d'une féroce corrida, le sultan Turan Chah, le dernier des sultans ayyubides d'Égypte. En fait, l'inquiétude de Baïbars avait été grande à la nouvelle de l'arrivée du roi de France et de son débarquement à Tunis. Il s'était empressé de regrouper ses troupes et avait même interrompu le siège des deux châteaux des croisés, le Krak des Chevaliers et Marqab, entrepris au printemps de 1270. Il s'était empressé aussi de démolir la cité d'Ascalon et de rendre son port inaccessible pour qu'il ne puisse servir à l'armée des croisés. Mais Édouard d'Angleterre arrivait trop tard pour conjurer la perte désormais irréparable des châteaux de la Syrie du Nord.

Beaucoup d'historiens et des meilleurs ont traité de l'histoire des croisades ; aucun ne semble avoir résumé l'essentiel de cette histoire mieux que ne l'avait fait René Grousset lorsqu'il constatait : « C'était la foi qui, dans les dernières années du XIe siècle, avait créé l'Orient latin ; ce fut la recherche des épices qui, au XIIIe siècle, le maintint debout. »

Aussi bien le commerce et la recherche des épices n'étaient-ils pas sans inconvénient en ces temps de survie du Royaume latin. Édouard d'Angleterre en fit l'expérience lorsque, arrivé à Saint-Jean-d'Acre, il constata que les Vénitiens ne se faisaient pas faute de vendre des armes au sultan d'Égypte et qu'un de leurs bateaux venait de partir pour Alexandrie. Les Vénitiens exhibèrent de prétendus privilèges qui leur auraient été octroyés par les rois de Jérusalem ; et les croisés anglais, ainsi que les Frisons qui avaient peu auparavant débarqué à Acre, durent surtout se résigner à une situation qui faisait des Vénitiens, de leurs alliés frisons et des Templiers les maîtres de la ville et du port. Entre-temps arrivaient aussi à Acre les débris de la garnison des Chevaliers teutoniques qui tenaient le château de Montfort sur la route de Safed à Acre : lui non plus n'avait pas résisté aux assauts de Baïbars. La frange de terre se réduisait encore, sur laquelle pouvaient se maintenir, le long de la mer, les États francs de jadis. Encore sur cette frange, seules tenaient quelques villes à l'abri de leurs remparts. Dans ces villes il fallait compter avec les rivalités féroces entre marchands. On sait comment, trois ans plus tôt, une escadre génoise était partie de Tyr pour aller attaquer les Vénitiens à Acre. Les hostilités n'avaient duré que quelques jours, mais peu s'en fallait qu'on ne se retrouvât dans la même situation qu'en 1256-1258, lors de cette fameuse guerre de Saint-Sabas, durant laquelle un conflit de près de deux ans avait opposé Vénitiens et Génois avec pour résultat la destruction de quelque quatre-vingts vaisseaux et bon nombre de bâtiments d'Acre, sans parler des hommes ! Le tout en un temps où la force des Mamelouks s'affermissait de jour en jour. Le commerce des épices qui avait maintenu tout le long de la côte de Palestine des comptoirs marchands causait aussi la ruine du dérisoire État franc.

Pourtant une circonstance nouvelle aurait pu être mise à profit : l'invasion des Mongols, qui à présent menaçait l'Islam. Vingt ans auparavant ces Mongols n'avaient fait qu'inspirer la terreur à l'Occident comme à l'Orient. Saint Louis, seul parmi les princes chrétiens, leur avait adressé des messagers pour entrer en contact avec ces barbares devant lesquels tout le monde s'enfuyait et qui au combat ne faisaient pas de prisonniers. Tour à tour deux frères franciscains, André de Longjumeau, puis en 1253, Guillaume de Rubroek, avaient ainsi approché les Mongols ; ce dernier, au cours d'un périple de trois ans, s'était rendu jusqu'en Chine du Nord, nous léguant un récit captivant de ses aventures à Karakorum où — ô surprise ! — il avait rencontré, à la cour du Grand Khan, un orfèvre parisien nommé Guillaume Boucher, et aussi « une femme de Metz en Lorraine nommée Pâquette ». Son ouvrage, comme celui de Jean du Plan-Carpin qui avait été envoyé, lui, par le pape, mériterait d'être aussi bien connu que le récit qu'allait faire de ses aventures, sur la fin du siècle, Marco Polo.

Or l'effort que représentait pareille approche n'avait pas été perdu ; le successeur de Gengis Khan, en prévoyant par la suite de vastes opérations en direction de la Perse, de l'Irak, de la Syrie, représentait un espoir pour les chrétiens comme pour les juifs du Proche-Orient. Un certain nombre de Mongols en effet avaient adopté la foi chrétienne et parmi eux la mère et l'épouse principale de Hulagu Khan ; d'où, chez ces envahisseurs, une certaine sympathie pour les chrétiens tandis que les populations — les Arméniens surtout — commençaient à considérer leurs avances comme autant d'espoirs pour leur propre libération. Celui-là même qui commandait les forces mongoles lancées contre la Syrie, Kitbuqa, était chrétien ; son approche terrorisait les populations musulmanes qui, par un curieux retour des choses, à la fin de 1259, fuyaient les cités d'Alep ou Damas pour chercher refuge auprès des populations chrétiennes. Kitbuqa allait s'emparer d'Alep, puis de Damas au début de 1260, tandis qu'en Perse Bagdad avait été prise dès 1258, ce qui paraissait marquer la fin de la domination islamique. Or la population franque de Palestine ne semble pas avoir vraiment tiré parti de la situation ; elle était pourtant bien nettement perçue par ces barons et clercs de Terre sainte qui en 1260 écrivaient à Charles d'Anjou : « Partout les Sarrasins sont en fuite et cherchent refuge sur les terres des chrétiens qu'ils persécutaient autrefois avec tant de haine ; ils sont comme l'oiseau qui fuit le vautour et qui se découvre à ses chasseurs. Les Tatars arrivent de toutes parts. D'Alep jusqu'à Damas, de Damas jusqu'à Jérusalem, ils passent les Sarrasins au fil de l'épée, pillent les biens en tous lieux ; ils submergent notre pays comme un déluge. »

Mais au cours de leur avance les Mongols ne ménageaient guère les positions chrétiennes et Kitbuqa, par exemple, prit d'assaut et détruisit la ville de Sidon. Finalement, n'ayant pratiqué qu'une neutralité indécise, les chrétiens assistèrent à la défaite de Kitbuqa à Aïn-Jalud le 3 septembre 1260, qui allait marquer la fin de l'avance mongole en Terre sainte. La gloire du sultan Baïbars, le vainqueur du jour, en fut encore renforcée.

Il y a donc cet arrière-plan à l'histoire de la Palestine lorsque Édouard d'Angleterre entreprend sa croisade avec des forces réduites. Son frère Edmond, comte de Cornouailles, vint le rejoindre, il est vrai, à l'automne de l'année 1271 ; cependant les opérations lancées ne pouvaient être que d'assez faible envergure : une attaque sur un village qu'il nomme Saint-Georges-de-Lebeyne (probablement Al-Bahna), une autre expédition contre une petite forteresse nommée Qāqūn, que les Sarrasins avaient fortifiée après avoir repris Césarée ; la forteresse fut prise mais l'annonce d'une avancée des troupes de Baïbars la fit abandonner. Le sultan tenta de faire assassiner Édouard par l'un de ces Assassins toujours prêts à justifier le nom qui leur est resté ; le roi d'Angleterre se débattit et parvint à arracher à l'agresseur son couteau, destiné plus tard à figurer dans le trésor royal d'Angleterre où il est toujours conservé. Le tout eut pour résultat une trêve de dix ans que Baïbars conclut à Césarée avec le roi de Chypre, Hugues, qui avait pris part à la dernière expédition d'Édouard d'Angleterre. On y garantissait la paix aux pèlerins qui iraient à Nazareth. Le séjour de celui qui allait devenir roi d'Angleterre, et de son épouse « la chère reine », Aliénor de Guyenne, avait donc été somme toute bénéfique, malgré le peu d'exploits militaires réalisés ; comme Saint Louis il participa aux fortifications qui étaient le plus sûr espoir des malheureux restes du Royaume latin et, à Acre, on nomma : la Tour d'Édouard, l'une de celles qui surveillaient les remparts.

C'est à Acre aussi que l'héritier d'Angleterre rédigea son testament le 18 juin 1272 avant de s'embarquer le mois suivant avec son épouse. Son père Henri III allait mourir à Westminster le 16 novembre de cette année 1272 ; mais celui qui allait devenir le roi Édouard Ier passa encore deux années en Aquitaine, avant d'aller avec son épouse Aliénor se faire couronner en Angleterre où ils abordèrent le 2 août 1274. Ils avaient appris la mort du roi Henri III pendant leur séjour en Sicile, au moment où ils allaient regagner Bordeaux.

Édouard Ier sera le dernier souverain d'Occident à avoir séjourné en Terre sainte à laquelle il ne cessera de montrer de l'intérêt. Cet homme de haute taille, aux jambes longues (on le surnomme *Longshanks,* Longuespattes) qui fut un époux modèle et qu'on devait surnommer le Justinien anglais tant il eut, comme Saint Louis, souci de la justice — ce qu'il manifesta par une activité législative durable —, a laissé un souvenir profond aussi bien dans son domaine continental d'Aquitaine que dans son royaume insulaire ; il se montrait somme toute, en cette fin du XIIIe siècle, le digne descendant de la reine Aliénor du XIIe siècle dont son épouse portait le nom.

Or, au moment même où se terminait la croisade anglaise, des perspectives nouvelles semblaient s'ouvrir pour la Terre sainte. Les cardinaux, réunis en assemblée depuis trois ans, avaient enfin désigné un successeur au siège vacant de la papauté et Tebaldo ou Théobald Visconti sur lequel leur choix s'était porté n'était autre que le légat du pape en Terre sainte depuis deux ans ; il prit le nom de Grégoire X et tout son pontificat allait être consacré à tenter de restaurer ce royaume de Jérusalem qui n'était plus que l'ombre de lui-même. Avant de quitter Saint-Jean-d'Acre, il avait prononcé un dernier sermon dont le thème était : « Jérusalem, si jamais je t'oublie... » Et l'on raconta plus tard que durant sa traversée de retour, alors que le vaisseau sur lequel il se trouvait semblait près de sombrer, le Christ lui-même lui était apparu pour lui dire : « Grégoire, je ne veux pas que tu te noies, je veux que tu vives, je veux que tu sois pape et que par ta main l'Église reconquière la Terre sainte et les Grecs. » La chronique qui raconte cette anecdote ne fait probablement que colporter des « on-dit », mais c'était en tout cas ce qu'on racontait communément de Grégoire X. Son premier soin une fois consacré fut de convoquer ce concile de Lyon qui devait avoir lieu en 1274 et qui avait essentiellement pour objet la réconciliation avec l'Église grecque et le projet d'une nouvelle croisade. Avec lui les papes se dégageaient de cette sorte d'obsession qu'avait été durant le demi-siècle précédent la lutte contre les Hohenstaufen. Un véritable détournement de ce que notre temps appelle « l'esprit de croisade » avait conduit à diriger des chrétiens contre d'autres chrétiens : d'abord contre ceux qu'on appelait les Albigeois, les hérétiques du midi de la France et du nord de l'Italie, ensuite contre l'empereur d'Allemagne. Et l'on conçoit que quelque désarroi en ait résulté dans les esprits, quelque désaffection aussi de ces pèlerinages en armes qu'avaient été les expéditions outre-mer à leur début, avec un but bien précis : reconquérir les Lieux saints de Jérusalem et de la Terre sainte en général, pour que les pèlerinages puissent s'y dérouler avec quelque sécurité.

C'est à quoi allait s'employer Grégoire X : il voulait restaurer en somme ce qu'avait été, pour Saint Louis, le « passage outre-mer ». Étrange persistance, par le pape interposé, de l'idéal du saint roi. Pour réussir, Grégoire devait mobiliser les forces qui avaient manqué à Édouard d'Angleterre ; à sa demande le maître général des Dominicains, Humbert de Romans, compose un *Traité* qui résume les objections devenues assez courantes à toute levée d'hommes et d'argent pour venir au secours de la Terre sainte, et répondre aussi au découragement général qui s'est emparé des esprits à la vue du faible résultat obtenu en ce XIIIe siècle lorsqu'on a tenté l'impossible reconquête de Jérusalem. C'est à quoi Rutebeuf faisait écho dans son fameux poème de la *Disputaison du croisé et du décroisé* :

Donc eurent folles intentions
Les saints qui souffrirent martyre
Pour venir à Rédemption ?
Tu dis ce que nul ne doit dire

Et le poète, après avoir déploré :

Le feu de l'amour s'est éteint
Au cœur de tout chrétien

incitait dans sa *Complainte d'outre-mer* les clercs et les barons à « recommencer nouvelle histoire » :

Servez Dieu de fin cœur entier,
Car Dieu vous montre le sentier
De son pays et de sa marche.

L'un des conseillers de Grégoire X, Gilbert de Tournai, se plaçait avant tout sur le plan militaire : « Il faut entretenir des mercenaires régulièrement renouvelés, fixés à demeure en Terre sainte, menant les guerres du Seigneur et défendant l'Église [1]. » C'était assez différent de ce qu'avait été jadis la prédication du pape Urbain II. Pourtant ce spectacle d'une Europe entière contribuant à entretenir une sorte de garnison permanente en Terre sainte pour y protéger ce qu'on considérait toujours comme le fief même de la chrétienté, les Lieux saints, trouvait encore bien des adeptes en cette fin du XIIIe siècle ; et le pape Grégoire X, dont on dit qu'il fut le dernier qui eût vraiment à cœur le sort des États francs, aura dressé des plans très complets pour une reconquête dont il présentait le programme au IIe concile de Lyon le 18 mai 1274 sous le titre : « Constitutions pour le zèle de la foi ».

Il espérait avoir le concours des rois de France,

1. Prawer, *Histoire du Royaume latin de Jérusalem*, C.N.R.S., Paris, 1975, I, p. 393.

d'Angleterre et d'Aragon, mais seul celui-ci vint à Lyon, où le pape demeura sept mois entiers, de novembre 1273 à juillet 1274, pour leur exposer ses projets.

Cette fois il s'agissait réellement d'une sorte de « guerre globale de la chrétienté contre l'Islam », selon l'expression de l'historien Josuah Prawer [1]. Il proposait de s'allier avec l'empereur de Byzance, désormais — on le croyait du moins — décidé à reconnaître la suprématie du pape. Et aussi de conclure un accord avec le Khan Abagha des Mongols. Toutes les villes de la Méditerranée, Gênes, Pise, Venise, Marseille et aussi les ports de Sicile et Barcelone fourniraient des vaisseaux de guerre. Le financement de l'immense armée prévue serait assuré par une dîme levée dans les trois années suivantes et qui seraient entièrement consacrées à la croisade — le tout remarquablement organisé puisque l'Europe était répartie en vingt-six districts fiscaux pour lesquels des contrôleurs étaient désignés. Les églises reçurent des troncs spéciaux pour les offrandes des fidèles. Tous les laïcs devraient verser chaque année un denier par habitant. Enfin, pour mieux réserver toutes les forces actives, celles des chevaliers, à la croisade, on leur interdisait les tournois. Et quant aux marchands, ils se voyaient interdire formellement cette fois tout commerce avec l'Égypte. L'Arménie et Chypre étaient aussi pressenties. Le pape parvint à persuader le roi de Sicile, Charles d'Anjou, le roi de France et celui d'Angleterre.

Allait-on assister à une offensive définitive contre le Proche-Orient musulman ? Grégoire X mourut subitement à Arezzo en janvier 1276 et, comme les plans reposaient entièrement sur lui, les derniers espoirs de reconquête de la Terre sainte s'évanouirent.

1. *Histoire du Royaume latin..., op. cit.*, p. 509.

On sait la suite et comment une autorité ou plutôt une ambition s'imposa désormais en Palestine, celle de Charles d'Anjou qui, avec l'appui du maître du Temple Guillaume de Beaujeu, sembla près de recueillir la couronne de roi de Jérusalem. Le pape Martin IV appuyait ses prétentions, qui éveillaient par contre les inquiétudes du roi de Chypre, Hugues, lequel légitimement avait droit à la couronne de Jérusalem. Quelque temps retranché à Tyr, il tenta d'exciter les habitants d'Acre et de soulever un conflit qui n'aurait pas été sans rappeler la trop fameuse guerre entre marchands génois et vénitiens ; au mois de juin 1277 arriva à Acre celui qui représentait à la fois les Templiers, les Vénitiens, mais surtout les prétentions angevines soutenues par le pape, Roger de San Severino. La plupart des barons, les communes et même le maître de l'Hôpital finirent par le reconnaître ; et Hugues, qui tenta un coup de force avec l'appui des paysans, dut finalement repartir pour Chypre. Il semblait donc que la puissance angevine allait s'affirmer en Terre sainte.

Sur ces entrefaites mourut Baïbars durant l'été de 1277, à cinquante ans ; après quelques conflits durant lesquels ses fils tentaient de le remplacer à la tête des Mamelouks, son compagnon d'armes Qalawun lui succédait. Or, à nouveau, les hostilités éclatèrent entre lui et les Mongols qui ravageaient la Syrie du Nord en 1280. Mais il ne semble pas que les Francs de Terre sainte aient envisagé une action commune avec eux contre Qalawun, contrairement aux Arméniens qui saisissaient l'intérêt de l'alliance mongole ; certains parmi les Francs allaient jusqu'à avertir le sultan d'un complot qui avait été ourdi pour l'assassiner. Il semble bien ici que l'intérêt économique ait primé toute autre sorte de motifs et que pour les chrétiens d'Acre une seule chose ait compté : demeurer en paix dans leur port pour continuer à mener à bien leur commerce ; ils avaient « renoncé à exister politiquement pour mieux survivre en tant que colonies marchandes pacifiques qui s'enrichissaient dans les eaux calmes des ports palestiniens ». C'est ainsi que l'historien Prawer décrit la situation [1].

Si bien qu'en ces années décisives, alors que se joignaient aux Mongols des troupes d'Arménie et de Géorgie, les Francs, eux, se bornaient à leur commerce sans voir que même ce commerce était menacé par leur inertie. Une lettre d'un chevalier de l'Hôpital, Joseph de Cancy, adressée au roi d'Angleterre en ces années cruciales, à la fin de mars 1282, lui disait : « Et sachez, Sire, que la Terre sainte ne fut jamais (si facile à conquérir...) comme elle l'est aujourd'hui, mais que jamais nous ne vîmes moins de gens d'armes en la Terre ni moins de bons conseils. »

Plus encore, l'année suivante, en juin 1283, les maîtres des trois ordres — le Temple, l'Hôpital et les Chevaliers teutoniques — concluaient un accord qui garantissait pour eux la trêve et allait jusqu'à obliger les Francs à faire connaître aux musulmans les mouvements des Mongols !

Il est vrai qu'à l'époque la politique de Charles d'Anjou en Méditerranée connaissait un sanglant échec. Cependant, Hugues étant mort et également son fils aîné, le cadet, Henri II de Chypre, venait se faire reconnaître roi de Jérusalem ; il fut couronné le 15 août 1285 dans la cathédrale de Tyr, alors même que les Hospitaliers venaient de perdre deux autres de ces châteaux sur lesquels était assise leur force, Marqab et Maraqiya. Il est saisissant de penser aux réjouissances qui marquèrent ce dernier couronnement d'un roi à Acre, où furent organi-

1. *Histoire du Royaume latin..., op. cit.*, p. 522.

8

8. Un combat de chevaliers.

9

9. Remise de l'épée, XIIIe siècle.

10

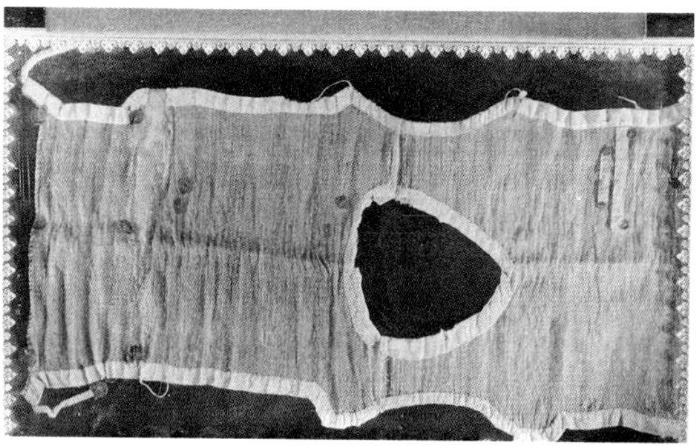

10. Cilice de Saint Louis.

11. Enseignement de Saint Louis.

11

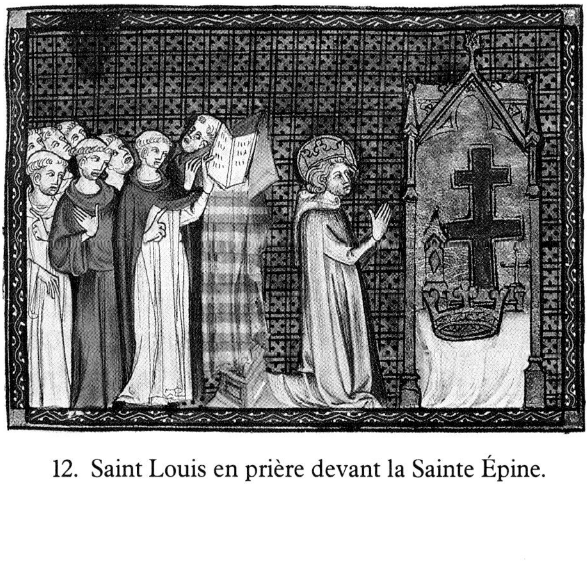

12

12. Saint Louis en prière devant la Sainte Épine.

13

13. Sceau de Saint Louis, type dit "de majesté."

14

14. Sceau de Saint Louis "en son absence."

sés fêtes et tournois qui durèrent quinze jours au milieu d'un luxe extravagant. Le chroniqueur Gérard de Montréal a conté ces fêtes dérisoires : « Et fut la fête la plus belle qu'on sache depuis cent ans de réjouissances et de tournois ; ils contrefirent (représentèrent) la Table ronde et la reine de Féminie, c'est à savoir de chevaliers vêtus comme Dames, qui joutèrent ensemble ; puis contrefirent des nonnains qui étaient avec moines et joutèrent les uns contre les autres ; et contrefirent Lancelot, Tristan, Palamède et beaucoup d'autres jeux délectables et plaisants. »

Le jeune homme que l'on couronnait était épileptique !

Sur ces entrefaites de nouveaux conflits éclatèrent entre marchands de Pise, de Venise et de Gênes. Et le tout se passait sous les yeux du sultan Qalawun qui, en 1289, venait assiéger Tripoli. Les ordres militaires, les Vénitiens, les Génois, les Pisans, cette fois réconciliés, résistèrent durant six semaines. Mais le 26 avril 1289 la ville était prise et ce siège s'achevait par un abominable massacre, tous les habitants ayant été passés au fil de l'épée.

On pouvait prévoir que la cité d'Acre, seul port important de ce qui avait été le Royaume franc, ne survivrait pas longtemps. Or quelques croisés italiens fraîchement débarqués, l'an 1290, s'attaquèrent aux paysans de la contrée venus vendre leurs denrées au marché d'Acre. C'était plus qu'il ne fallait comme prétexte pour entreprendre les hostilités. Le sultan Qalawun se mit sans autre délai à préparer le siège contre les énormes murailles de la ville, faisant pratiquer des coupes claires dans les forêts du Liban, et préparer des engins de siège par les habitants de Damas, et des régions avoisinantes. Il allait mourir au mois de novembre 1290, mais son fils et héritier, le sultan Al-Ashraf, lui ayant succédé sans difficulté, reprit les préparatifs qui étaient dès lors suffisamment avancés pour qu'il puisse envoyer aux Francs une lettre dans laquelle il se disait le « chasteour » (celui qui apporte le châtiment) des rebelles : « le chasteour des Francs, des Tatars et des Ermins (Arméniens), celui qui arrache les châteaux des mains des mécréants ». Le 5 avril 1291, l'armée des Mamelouks prenait position dans la plaine d'Acre.

On sait ce que fut ce siège, qui du moins allait réconcilier les ordres militaires, si souvent dressés les uns contre les autres comme ennemis et rivaux, et susciter quelques-unes de ces pages d'héroïsme dont le « passage outremer » avait été l'occasion durant le premier siècle du Royaume latin. Moyennant d'énormes travaux de sape et de galeries souterraines, au bout d'un mois de siège, après avoir fait écrouler sur les remparts la Tour du roi, l'assaut général fut donné le 18 mai 1291.

Cent ans auparavant, lors de la chute de Jérusalem en 1187, le sultan Saladin vainqueur avait fait libérer lui-même la comtesse de Tripoli enfermée dans la citadelle de Tibériade et veillé à ce qu'elle puisse regagner saine et sauve ses États, et, s'il avait fait exécuter un à un les chevaliers du Temple prisonniers, il avait par contre pris sur son trésor de quoi racheter un certain nombre d'habitants de Jérusalem auxquels l'esclavage fut ainsi épargné. On mesure la différence d'un siècle à l'autre en lisant le récit de la prise de Saint-Jean-d'Acre. Tandis que ceux qui le pouvaient s'enfuyaient par voie de mer, les chevaliers du Temple, sur la promesse de la vie sauve par le sultan Al-Ashraf, ouvrirent la forteresse aux Mamelouks. Ceux-là se précipitèrent sur les femmes qui y avaient trouvé refuge. « Les chrétiens ne le purent souffrir et mirent la main aux armes et coururent sus aux Sarrasins et tous les tuèrent et massacrèrent. »

Sur ce geste ultime de chevalerie, le combat reprit.

« Le sultan fut fort courroucé, mais ne montra nul semblant et leur manda une autre fois qu'il savait bien que par la folie de ces hommes furent-ils morts... Et qu'ils pouvaient sortir sûrement... Le maréchal du Temple... eut foi au sultan et sortit vers lui ; et demeurèrent dans la tour quelques frères qui étaient navrés (blessés). Aussitôt que le sultan tint le maréchal et les gens du Temple, il fit tailler la tête à tous les frères et à tous les hommes... Quand les frères qui étaient dedans la tour, qui n'étaient pas si malades qu'ils ne se pussent aider, ouïrent que le maréchal et les autres eurent la tête broyée, ils se mirent en défense ; mais les Sarrasins se mirent à miner la tour et la minèrent et... la pierre tomba et ceux frères du Temple et Sarrasins qui étaient dedans furent morts. Et même dans sa chute la tour versa dans la rue et écrasa plus de deux mille Turcs à cheval. »

Face à l'esprit mercantile des uns, la férocité des autres a ici atteint son paroxysme. Les temps avaient changé.

Cependant, quelques mois plus tard, dans cette même ville de Tunis qui avait vu mourir Saint Louis, un étonnant personnage vêtu comme les fils de saint François se mettait à prêcher en arabe dans les rues. C'était un Catalan nommé Raymond Lulle. Au bout de très peu de temps, comme sa prédication attirait les foules, il était emprisonné et condamné à mort ; mais sa peine fut commuée en bannissement. On l'embarqua de force sur une nef génoise ancrée dans le port et il regagna la ville de Naples d'où il était parti.

Cet homme accomplissait le programme qu'il s'était fixé quelque vingt-cinq ans auparavant, lors de sa conversion qui l'avait fait passer d'une vie frivole de jeune mondain, familier du roi Jaime, tout occupé d'amours et de poésie, à une vie consacrée au service du Seigneur : « Je vois, écrivait-il, les chevaliers mondains aller outre-mer à la Terre sainte et s'imaginer qu'ils la reprendront par la force des armes, et à la fin tous s'y épuisent sans venir à bout de leur dessein. Aussi pensais-je que cette conquête ne se doit faire que comme tu l'as faite, Seigneur, avec Tes apôtres, c'est-à-dire, par l'amour, les oraisons et l'effusion des larmes. Donc que de saints chevaliers religieux se mettent en chemin, qu'ils se munissent du signe de la croix, qu'ils se remplissent de la grâce du Saint-Esprit, qu'ils aillent prêcher aux infidèles la vérité de la Passion et qu'ils fassent pour l'amour de Toi ce que Tu fis pour l'amour d'eux. » Depuis ce temps sa vie s'était passée à apprendre lui-même l'arabe pour pouvoir prêcher dans la langue de ceux qu'il souhaitait convertir, et à tenter de convaincre autour de lui tous ceux que sa haute naissance lui permettait d'atteindre. En 1276 il assistait à la fondation, à Montpellier, du collège de Miramar où, avec l'aide de Jaime II de Majorque, plusieurs frères franciscains se mettaient à l'étude de l'arabe et de l'Islam en général, pour entreprendre une œuvre d'évangélisation dans le pays. Plus tard encore, soutenu par le pape Nicolas IV — le premier Franciscain qui ait été élu successeur de Pierre —, il développait infatigablement ses plans devant le chapitre général des Franciscains, toujours à Montpellier ; puis, devant la ruine de Saint-Jean-d'Acre, qui consommait celle de la Terre sainte, il avait décidé de passer lui-même à l'action. Une action qui demeurait dans la ligne prophétique de saint François traversant les lignes de combat pour aller prêcher devant le sultan d'Égypte, Al Kamil, au début du siècle en 1219. Ce sont de semblables gestes qui ont fait passer de la croisade à la mission. Raymond Lulle recevra, sur ces mêmes rivages d'Afrique du Nord où s'était éteint le saint roi, cette fois à Bougie, quelques années plus tard (1313), ce qu'il appelait en son langage toujours teinté de poésie « la robe cramoisie du martyre ».

Chapitre VII

JEANNE ET ALPHONSE OU L'HÉRITAGE MÉRIDIONAL

Per la mort pesan
De .l bo rei prezan
On tuit devem aver dan.
Bertran de Born

Quelque temps après la mort de son épouse, le jeune roi Philippe le Hardi quittait l'Italie et, franchissant les Alpes au Mont-Cenis, gagnait Paris en passant par Lyon, Cluny et Troyes. Le cortège avait encore eu un mort à déplorer lors du séjour à Viterbe, celle d'Henri d'Allemagne, fils du roi des Romains, et neveu d'Édouard d'Angleterre. Mais cette fois on ne pouvait accuser ni la maladie ni la fatalité : il s'agissait d'un sinistre fait divers ; Henri avait été assassiné par le fils de Simon de Montfort (non le chef de la croisade albigeoise, mais le petit-fils de celui-ci) qui lui avait voué une haine féroce.

Cependant, tandis que le roi Philippe poursuivait son chemin pour célébrer finalement les obsèques solennelles de son père le 21 mai 1271, veille de la Pentecôte, une partie du convoi séjournait à Savone, entre autres Alphonse de Poitiers et sa femme Jeanne de Toulouse. Or il se trouve que tous deux allaient mourir à vingt-quatre heures d'intervalle, les 20 et 21 août 1271, Jeanne à Savone et Alphonse sur la route de Gênes où il espérait trouver un vaisseau pour rentrer à son tour. Le destin qui semblait s'être acharné sur ce convoi du retour ajoutait donc un nouveau deuil à la famille royale désormais si éprouvée.

Un mois ne s'était pas écoulé que, le 19 septembre de cette même année 1271, le sénéchal de Carcassonne, Guillaume de Cohardon, recevait l'ordre de prendre en main l'héritage du comte de Poitiers et de son épouse pour que soit réglée leur succession, dans laquelle le roi de France avait une large part. Il allait passer à l'action effectivement le 9 octobre suivant. Le tout donne l'idée de la rapidité des communications et contribue aussi à mettre en évidence l'importance des dispositions prises par le roi Louis IX durant son règne. Et il n'est pas sans intérêt de s'y étendre quelque peu.

En effet des jugements sans nombre ont été portés sur la façon dont Louis avait entendu s'acquitter de ses devoirs royaux. On a fait complaisamment passer sa piété pour la manifestation d'un esprit borné, incapable de saisir les complications d'une politique ferme ; on est allé jusqu'à voir dans ses tractations avec l'Angleterre l'origine des guerres qui allaient ensanglanter un siècle plus tard et pour longtemps la terre de France. Or l'examen minutieux des principaux actes de son règne, devenu possible grâce aux excellents travaux qui ont été consacrés à Saint Louis récemment, montre au contraire avec quelle habileté il a su concilier le désir de paix qui l'animait pour ses sujets et pour lui-même, et l'avenir du royaume. D'autre part, l'examen de cette dévolution de l'héritage méridional est une occasion de pénétrer les mécanismes passablement complexes des droits féodaux et des devoirs de vassalité, qui nous transportent dans un monde très différent de celui où un pouvoir centralisé fait peser sur tous les points du royaume des lois uniformes qu'applique une police également sujette du pouvoir central. En somme un dépaysement souhaitable, qui nous fait passer de l'État souverain au roi féodal, lequel se devait de respecter les personnes en cause et aussi la coutume de chaque lieu.

Pour bien comprendre, il faut donc ici imiter l'attitude des agents royaux qui furent envoyés à Poitiers, à Toulouse et dans les régions qui en dépendaient, et qui, là, examinèrent les archives, les explorèrent pour connaître méthodiquement les droits du roi et les terres sur lesquelles ils pouvaient s'exercer, se firent rendre des comptes et parvinrent finalement au règlement d'une longue et minutieuse affaire : la mise sous la mouvance directe du roi de France de l'ensemble de l'héritage méridional ; ce qui prit à peu près tout le règne du roi Philippe III et ne fut terminé qu'à sa mort en 1285.

Pour l'historien d'aujourd'hui, le travail est plus simple, quoique guère moins subtil. Il lui faut en tout cas revenir aux origines mêmes de cet héritage pour en comprendre l'importance.

A la mort de Louis VIII la guerre albigeoise ravageait les populations méridionales depuis déjà quinze ans : on sait en effet que les hostilités avaient été déclenchées par le pape lors de l'assassinat de son légat Pierre de Castelnau en l'an 1208 et qu'elles avaient effectivement commencé l'année suivante, 1209 ; cinq ans donc avant la naissance du futur héritier du trône, Louis IX ou Saint Louis.

L'épouse de Louis VIII, Blanche de Castille, n'en parvenait pas moins, en trois ans, à conclure la paix avec celui qui était son cousin, le comte de Toulouse Raimond VII. Celui-ci, aussi bien que Blanche en effet, se trouvait être l'un des petits-enfants d'Aliénor d'Aquitaine

« Cous

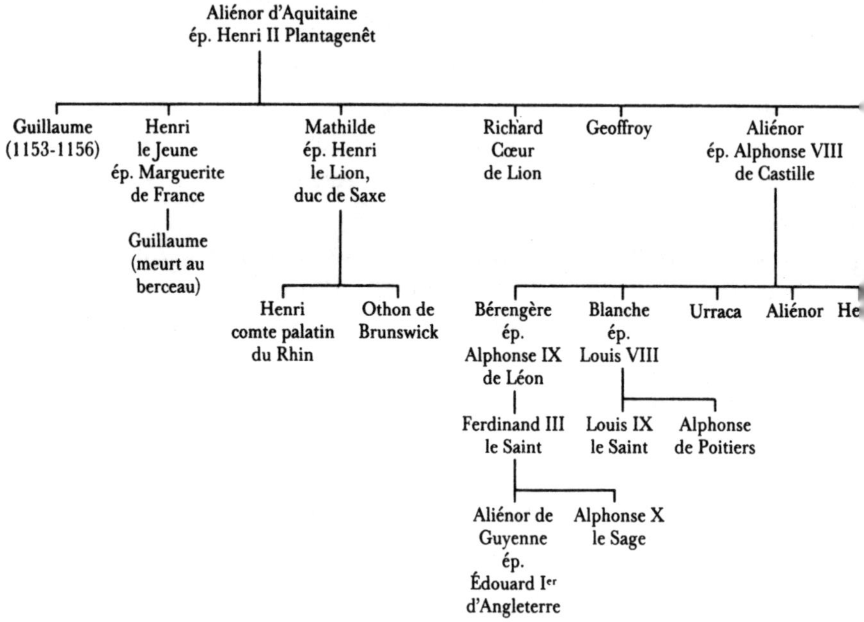
Aliénor d'Aquitaine
ép. Henri II Plantagenêt
Guillaume
(1153-1156)
Henri
le Jeune
ép. Marguerite
de France
Guillaume
(meurt au
berceau)
Mathilde
ép. Henri
le Lion,
duc de Saxe
Henri
comte palatin
du Rhin
Othon de
Brunswick
Richard
Cœur
de Lion
Geoffroy
Aliénor
ép. Alphonse VIII
de Castille
Bérengère
ép.
Alphonse IX
de Léon
Ferdinand III
le Saint
Aliénor de
Guyenne
ép.
Édouard Ier
d'Angleterre
Alphonse X
le Sage
Blanche
ép.
Louis VIII
Louis IX
le Saint
Alphonse
de Poitiers
Urraca
Aliénor
He

rmains »

Jeanne ép. :
1. Guillaume,
roi de Sicile
2. Raymond VI
de Toulouse

Raymond VII
de Toulouse

Jeanne
de Toulouse
ép. Alphonse
de Poitiers

Jean sans Terre ép.
1. Havise de Gloucester
2. Isabelle d'Angoulême

Henri III
d'Angleterre
ép. Aliénor
de Provence

Richard de
Cornouailles
roi des Romains
ép. Sancie
de Provence

Jeanne

Aliénor

Isabelle

Édouard Ier
ép. Aliénor
de Guyenne

Édouard II
ép. Isabelle
de France
fille de
Philippe le Bel

Edmond

Marguerite
ép. Alexandre II
d'Écosse

Béatrice
ép. Jean II
de Bretagne

— Blanche par sa mère, nommée elle aussi Aliénor, et Raimond également par sa mère qui n'était autre que Jeanne, la plus jeune fille d'Aliénor et d'Henri Plantagenêt. En un temps où les femmes succèdent sans difficulté ni restrictions aux fiefs seigneuriaux, c'est l'occasion de remarquer que cette dévolution des biens par héritage féminin se faisait très normalement.

Donc, en 1229, après des tractations qui eurent lieu à Meaux, puis à Paris, enfin à Melun la paix s'établissait dans le Midi : le comte de Toulouse, Raimond VII, était relevé de l'excommunication qui avait pesé sur lui et recouvrait les diocèses de Toulouse, Cahors et Agen, ainsi que celui d'Albi pour la partie située au sud du Tarn. Tandis que le roi de France se voyait octroyer des droits directs sur la partie de l'Albigeois située au nord de la même rivière du Tarn, ainsi que la ville même d'Albi.

D'autre part, et comme il était d'usage, un projet de mariage allait sanctionner ce partage et la réconciliation avec le comte de Toulouse. Raimond VII, de son mariage avec Sancie d'Aragon, n'avait alors qu'une fille nommée Jeanne ; et il fut entendu que celle-ci épouserait l'un des frères du jeune roi ; ce fut Alphonse, auquel son père Louis VIII avait donné en apanage par son testament le comté de Poitiers. Jeanne fut élevée comme il était coutume à la cour de France, parmi les enfants royaux, et leur mariage eut lieu un peu avant la date de 1241 qui vit à Saumur de grandes fêtes données à l'occasion de l'adoubement d'Alphonse. On pouvait prévoir quelques difficultés dans le cas où Raimond VII, étant encore jeune, aurait eu d'autres enfants ; mais il ne tardait pas à se séparer de sa femme Sancie d'Aragon avec laquelle il s'entendait mal ; le pape avait essayé vainement de les réconcilier. Et finalement ses autres projets de mariage n'aboutirent pas, si bien qu'il allait mourir sans avoir eu d'autres héritiers en 1248, au moment d'ailleurs où il se disposait à rejoindre Saint Louis dans son expédition en Terre sainte. Alphonse et Jeanne étaient déjà en route pour Chypre et Damiette.

La reine Blanche, sur qui repose la responsabilité du royaume — le jeune prince Louis, fils aîné de Louis IX et de son épouse Marguerite, n'a encore que six ans —, envoie aussitôt des délégués prendre possession du comté de Toulouse, conformément à ce traité qu'elle-même avait conclu en 1229 et qui prévoyait de laisser Toulouse en la possession de Raimond VII sa vie durant. Deux chevaliers d'Ile-de-France, Guy et Hervé de Chevreuse, et le chapelain d'Alphonse, Philippe, trésorier de Saint-Hilaire-de-Poitiers, se rendent donc à Toulouse. Un peu partout ils reçoivent, par procuration ou autrement, les hommages des divers fiefs ; les villes pourtant se montrent un peu plus récalcitrantes ; c'est ainsi que les consuls de Toulouse refusent de prêter serment, à moins que ne soit ajoutée à la formule la reconnaissance de leurs droits. A Agen, nouveau refus. Blanche convoque les délégués à Melun où elle réside et là ils promettent obéissance à Alphonse, mais en son absence.

Le comte et la comtesse de Toulouse allaient quitter l'expédition en même temps que le plus jeune frère du roi Charles, précisément pour prêter main-forte à leur mère et faire reconnaître leur droit. Alphonse reçut à Beaucaire, le 30 octobre 1250, peu de temps après avoir débarqué, les hommages de fidélité de plusieurs seigneurs : Bertrand de Comminges, le comte de Lautrec, Guy de Sèverac, le comte de Rodez et d'autres ; il eut quelques difficultés au contraire en Avignon ; Jeanne de Toulouse faisait reconnaître ses droits dans les divers fiefs du comtat Venaissin, mais les habitants d'Avignon refusaient son autorité. Un accord finit pourtant par être conclu, moyennant un certain nombre de règlements économiques ; ainsi la liberté totale du trafic des grains fut-elle accordée aux habitants ; l'accord fut confirmé le 10 mai 1251. Il y eut ensuite quelques difficultés à cause des donations que le comte de Toulouse avait faites en rédigeant son dernier testament, le 23 septembre 1248, quelques jours avant sa mort. Alphonse de Poitiers de ce fait se trouvait frustré ; il réunit à Toulouse vingt et un jurisconsultes qui examinèrent le testament et finalement conclurent qu'il ne réunissait pas toutes les conditions de validité exigées.

Alphonse connut ensuite des heures difficiles, car il fut frappé de paralysie en 1252, l'année de la mort de Blanche sa mère. Il se remit pourtant, mais ses yeux lui causèrent longtemps du souci. Il souffrait d'ophtalmie purulente et craignait de perdre la vue. On possède à ce propos une curieuse consultation par écrit ; l'un de ses vassaux, Raymond Gaucelm, seigneur de Lunel, recommanda de consulter un médecin juif nommé Habraym, qui exerçait la médecine dans l'Aragon ; il dépêcha lui-même de ses domaines en Aragon deux coreligionnaires d'Habraym qui décrivirent les symptômes dont souffrait Alphonse et assurèrent à celui-ci qu'il pouvait être guéri par les ordonnances du médecin s'il était encore capable de distinguer à quelque distance un objet d'un autre, et surtout de différencier le vert du bleu. Des lettres toujours conservées aux Archives nationales (J 320 nº 95) nous rapportent cette étrange consultation par correspondance. On ne sait au juste en quoi consistait le traitement ; toujours est-il qu'Alphonse semble s'être rétabli et avoir mené par la suite une vie normale jusqu'à sa mort.

On a gardé les registres des enquêtes qu'il fit faire en Poitou, en Saintonge, dans le comtat Venaissin, en

Auvergne et à Toulouse pendant les dix années qui s'écoulent entre 1258 et 1268 ; il s'y révèle administrateur consciencieux, prenant grand soin de ses archives, soucieux comme son frère de contrôler et redresser toutes les exactions dont ses propres agents avaient pu se rendre coupables ; il était d'ailleurs quelque peu tatillon dans l'examen de ses comptes ; et pourtant c'est un registre émanant de son administration qui constitue le plus ancien document écrit sur papier conservé aux Archives nationales ; il a été commencé en 1243, ce qui laisse penser que le comte était ouvert aux techniques et aux matériaux nouveaux qui venaient d'être introduits à cette date en Europe.

Toujours est-il que la mort successive de Jeanne et d'Alphonse, qui n'avaient pas eu d'enfants, ouvrait une succession passablement embrouillée. Leur immense héritage comportait le Poitou, la Saintonge, Toulouse, l'Albigeois, et aussi les sénéchaussées de Quercy, d'Agenais, du Rouergue ; il y avait également le comtat Venaissin, mais celui-ci était hors du royaume, en Provence, qui à l'époque ne relève pas du roi de France.

Charles d'Anjou, le plus jeune de la famille, et aussi le plus ambitieux, ne manqua pas de revendiquer le Poitou et l'Auvergne ; il était, disait-il, « le plus proche parent du comte Alphonse » : son frère alors que le roi Philippe n'était que son neveu. Revendication qui fut promptement écartée ; portée devant le Parlement de Paris, elle fut rejetée, ce qui établissait en règle une procédure très profitable à la couronne : lorsqu'il n'y avait pas d'héritier direct les apanages consentis aux cadets redevenaient la propriété directe du roi de France.

D'autre part Avignon et le comtat Venaissin furent cédés au Saint-Siège, selon une promesse qui avait été faite en 1229 lors du traité de paix avec le comte de Toulouse. Restait le règlement des terres qui avaient fait l'objet du traité de Paris avec le roi d'Angleterre, — le fameux traité conclu le 28 mai 1258 et ratifié l'année suivante : celui qui a fait juger si diversement le roi Saint Louis, que ce soit par les contemporains ou par les historiens jusqu'en notre temps.

Pour bien comprendre, il faut, comme toujours, en revenir à l'époque et à la personnalité d'Aliénor d'Aquitaine, duchesse de Guyenne, qui avait été successivement reine de France, puis ayant quitté son époux et fait annuler son mariage, était devenue, très peu de temps après, reine d'Angleterre en épousant Henri Plantagenêt, futur Henri II. Le roi d'Angleterre possédait alors sur le continent d'énormes possessions, dans la pratique tout l'ouest de la France puisqu'il avait de son propre chef la Normandie et l'Anjou, plus la suzeraineté de la Bretagne et que son épouse, elle, était suzeraine du vaste territoire qui s'étendait du Poitou aux Pyrénées. Après sa mort en 1204, son dernier fils Jean sans Terre — un irresponsable qui de sa propre main avait tué son neveu, Arthur de Bretagne — s'était vu enlever par Philippe Auguste, Normandie, Touraine, Anjou et Poitou, mais la Guyenne et les riches fiefs qui en dépendaient demeuraient au roi d'Angleterre qui devait pour cela prêter hommage à son suzerain le roi de France. Telle était la situation au temps d'Aliénor et d'Henri Plantagenêt ; et Aliénor elle-même avait tenu à rendre hommage sur la fin de sa vie au roi Philippe Auguste pour ses États personnels ; cependant aucune ratification, aucune entente, par la suite, n'avait réglé en fait les relations entre la France et l'Angleterre pour ces domaines continentaux ; au contraire, il y avait un état de conflit latent. Le roi d'Angleterre refusait l'hommage à son suzerain et, de part et d'autre, on s'observait, et pas toujours pacifiquement puisque la seule guerre menée sur le sol de France par Saint Louis avait été contre Henri III d'Angleterre à Saintes et à Taillebourg : deux victoires successives, cela dès la date de 1242.

A son retour de la croisade, douze ans plus tard, il est évident que Louis IX portait le souci de mettre fin à cette mésentente qui comptait à présent un demi-siècle ou davantage. De son côté Henri III avait eu maille à partir avec les barons de Gascogne, traditionnellement remuants.

Les circonstances se prêtaient donc à une reprise du dialogue. Henri III venait de passer deux ans en Guyenne et demanda au roi de France l'autorisation de traverser ses domaines pour regagner l'Angleterre : il souhaitait se rendre à l'abbaye de Fontevrault où reposaient sa mère Isabelle d'Angoulême et ses grands-parents, Henri II et Aliénor. D'autre part, il voulait se rendre en pèlerinage à l'abbaye de Pontigny où était inhumé un personnage pour lequel il avait une dévotion particulière, saint Edmond, mort en exil et enterré dans l'abbaye cistercienne. Il avait donné son nom à son second fils. Enfin le désir de visiter la cathédrale de Chartres et ce chef-d'œuvre du temps qui s'appelle la Sainte-Chapelle n'était pas étranger aux souhaits que formulait le roi d'Angleterre ; car il était, tout comme Saint Louis, grand amateur de l'architecture et de l'art de son temps.

Et c'est ainsi que le roi Henri III passa à Paris les fêtes de Noël 1254. Il n'était pas seul : son épouse Aliénor de Provence l'accompagnait, or elle était la sœur de Marguerite, l'épouse de Saint Louis, et aussi de Béatrice, femme de Charles d'Anjou, et de Sancie qui, elle, avait épousé Richard de Cornouailles, c'est-à-dire le frère cadet d'Henri III, nommé par le pape roi des Romains. On ne peut s'empêcher, en évoquant ces fêtes de Noël où se retrouvèrent les quatre sœurs provençales, d'évoquer les légendes qui les accompagnent dans l'existence : leur père Raimond Bérenger de Provence aurait reçu dans leur enfance la visite d'un mendiant de belle prestance auquel il aurait fait bon accueil ; et celui-ci, Romée de Villeneuve, devenu son conseiller, aurait prédit que de ses quatre filles il ferait quatre reines.

Raimond Bérenger de Provence
ép. Béatrice de Savoie

Marguerite ép. Louis IX roi de France	Aliénor ép. Henri III roi d'Angleterre	Sancie ép. Richard roi des Romains	Béatrice ép. Charles d'Anjou roi de Sicile

Le destin des quatre reines provençales suffisait à susciter l'anecdote ; toujours est-il qu'elles s'étaient retrouvées sous l'égide de Saint Louis en cette fête de Noël comme le prélude d'une vaste entente entre deux royaumes que des liens si étroits unissaient. Plus tard, quand Saint Louis justifiera sa politique mal comprise de son entourage, il mettra l'accent sur ces liens de famille. Et cette volonté du saint roi trouvera son application bien au-delà de son règne.

Lorsque l'année suivante, au mois de juin 1255, Simon de Montfort (le petit-fils de celui de la croisade albigeoise) vint solliciter des trêves entre France et Angleterre, Louis IX s'empressa de les lui accorder. Et nul ne s'étonna lorsque s'ouvrirent les négociations plus amples qui occupèrent tout l'hiver 1257-1258. A nouveau Simon de Montfort accompagné de deux barons, Pierre de Savoie et Hugues Bigot, de deux évêques et de l'abbé de Westminster, venait de la part du roi d'Angleterre entreprendre des négociations de grande envergure ; leur premier soin était d'ailleurs de réclamer pour le roi d'Angleterre la Normandie, l'Anjou, le Maine, la Saintonge et de plus le Poitou qui aurait dû échoir, disaient-ils, à son frère Richard. Saint Louis délégua l'affaire devant le Parlement qui se tenait à l'époque du carême, donc au printemps 1258. Le 28 mai suivant, les affaires avaient été menées de telle sorte que le roi Henri III renonçait expressément à toutes les revendications anglaises sur les provinces énumérées. Mais d'autres stipulations en revanche venaient compenser cette ratification d'un état de fait qui mettait fin aux conflits latents depuis le début du siècle et substituait la paix aux trêves des années précédentes.

Il y avait d'abord la question de l'Agenais et du Quercy. Ces deux provinces faisaient partie de l'héritage de Jeanne de Toulouse ; si elle mourait sans enfant, on prévoyait que le roi d'Angleterre les récupérerait et, en attendant, le roi de France, lui, ferait procéder à une enquête dans le Quercy pour y connaître exactement ses droits, et verserait au roi d'Angleterre une somme de 134 000 livres, lui permettant d'entretenir cinq cents chevaliers pendant deux ans, pourvu qu'ils soient mis au service de l'Angleterre, ou de l'Église — c'est-à-dire de la croisade.

L'Agenais, qui faisait partie de la dot de Jeanne de Toulouse, demeurait entre les mains du roi de France, mais était promis au roi d'Angleterre dans le cas où la comtesse mourrait sans enfant ; en compensation Louis IX s'engageait à verser chaque année l'équivalent du revenu de la province, c'est-à-dire une somme de 3 720 livres.

Viennent ensuite les stipulations qui allaient soulever des critiques et être un peu partout mal comprises. Le roi de France remettait à son beau-frère tout ce qu'il possédait dans les diocèses de Limoges, Cahors et Périgueux.

Et cela, comme il l'avait confié à son sénéchal et ami Joinville qui nous l'a rapporté, en pleine conscience de faire un acte de paix, de générosité, « pour mettre amour entre mes enfants et les siens qui sont cousins germains ». Il l'a dit expressément : « Je suis assuré que les devanciers du roi d'Angleterre ont tout à fait justement perdu ce que je tiens par droit de conquête. Et la terre que je lui donne, je ne la donne pas pour quelque chose dont je sois tenu envers lui ou ses héritiers. » Mais c'est alors qu'il ajoute, « pour mettre amour entre mes enfants et les siens ». Et il énonce le côté parfaitement positif et bénéfique aussi d'une semblable politique : « Et il me semble que ce que je lui donne, je l'emploie bien, car il n'était pas mon homme et par là il entre en mon hommage. »

En fait une clause contenue dans le traité même de Paris apportait quelques restrictions immédiates à ce « don gratuit ». En effet les seigneurs des fiefs ainsi cédés devaient accepter expressément de devenir vassaux du roi d'Angleterre. Or plusieurs d'entre eux préférèrent devenir vassaux du roi de France, si bien que Henri III Plantagenêt récupérait essentiellement le comté de Périgord, les vicomtés de Limoges, Turenne et Ventadour ; par ailleurs le roi de France s'était réservé le droit d'entretenir un sénéchal — un délégué — dans le comté de Périgord ; mais aussi la faculté de bâtir des villes neuves — dont il devait user largement. Aujourd'hui encore, on repère assez facilement ces lignes de bastides qui ont été élevées tout au long d'une « frontière » entre domaines de suzeraineté anglaise et de suzeraineté française dans la région.

C'est même un exemple convaincant à la fois de la prospérité de l'époque et de sa conception de l'urbanisme, cette double ligne de bastides dans le sud-ouest de la France. Côté anglais, on peut noter entre bien d'autres deux créations fameuses. D'abord la ville de Libourne, qui tire son nom de Roger de Leyburn, sénéchal de Guyenne pour le roi Édouard Ier ; c'est lui qui approuva sa charte, précisément en 1270 avant son départ pour la Palestine ; ou encore, un peu plus tardive, la ravissante cité de Monpazier, que le même Édouard Ier fonde en 1284 et dont le charme des « couverts » entourant la place centrale attire aujourd'hui les touristes. Par contre Villefranche-de-Rouergue, avec sa belle place Notre-Dame, entourée aussi de « couverts », et ses maisons gothiques, Villeneuve-sur-Lot, avec sa porte de Paris percée dans une haute tour carrée où la brique se mêle à la pierre, sont des créations d'Alphonse de Poitiers. On a ainsi dénombré quelque quatre cents bastides, pour le moins. Et toutes témoignent à la fois de ce souci fonctionnel qui fait presque partout adopter un plan simplifié, en damier, avec au centre les bâtiments d'intérêt public, l'église, éventuellement l'hôtel de ville, le marché avec ses « couverts » si pratiques pour les marchands, leurs clients, leurs marchandises, et ce sens architectural affiné qui donne à chacune son individualité. Henri-Paul Eydoux s'est attardé complaisamment sur ces cités neuves du Languedoc au XIIIe siècle dans son *Saint Louis et son temps* ; il rappelle entre autres comment plusieurs de ces villes surgies dans la campagne languedocienne ont adopté des noms de cités fameuses à l'étranger : Bologne devenue Boulogne-sur-Gesse, Florence devenue Fleurance, dans le Gers ; et les Valence d'Agen, Grenade-sur-l'Adour, Cordes qui est l'écho de Cordoue, et, plus près encore du roi de France, Damiatte dans le Tarn, qui est un écho de la Damiette d'Égypte.

Le tout sans oublier ces magnifiques témoins du même temps que sont Carcassonne et Aigues-Mortes, fondations l'une et l'autre de Saint Louis ; cette dernière a entièrement conservé, on le sait, ses remparts du XIIIe siècle, terminés par Philippe III qui poursuivait ainsi l'œuvre commencée par son père.

Henri III allait ratifier l'année suivante, le 13 octobre 1259, ce traité de Paris. Quelque temps après il passait la mer pour se rendre en France et on allait voir, le 4 décembre suivant, un spectacle que l'on n'avait plus vu en France depuis le début du siècle : le roi d'Angleterre pliant le genou devant son suzerain et mettant sa main dans la sienne pour se déclarer son homme lige en tant que duc de Guyenne et donc pair de France ; la cérémonie avait lieu dans les jardins de ce palais de l'île de la Cité qu'on nomme aujourd'hui Palais de Justice — et somme toute l'appellation est pleinement justifiée si l'on songe qu'il fut à Paris le lieu de résidence de Saint Louis.

Le roi demeura encore quelque temps en France ; il s'en retournait lorsqu'une nouvelle imprévue le fit revenir : le prince héritier, Louis, celui en qui se reflétait, paraît-il, le visage de son père et aussi ses qualités maîtresses, venait de mourir à seize ans ; c'était grand deuil à la cour de France. Henri III tint à assister aux obsèques qui eurent lieu au début de l'année 1260 et fut l'un des quatre porteurs du cercueil du jeune homme.

On sait combien allait être durable cette réconciliation entre deux rois et deux royaumes. Au point que Henri III et ses propres barons allaient faire appel à Saint Louis pour cet arbitrage qu'on appelle la « mise d'Amiens », lorsque éclatèrent en Angleterre de vives contestations qui ne devaient être réellement réglées que sur le champ de bataille. Mais en ce qui concerne les domaines continentaux du roi d'Angleterre, la paix était bien fermement établie.

On put s'en rendre compte lorsque moururent presque simultanément Alphonse de Poitiers et Jeanne de Toulouse en 1271. Qu'allait-il en être du traité conclu avec le roi Louis ? Dès le 25 octobre 1271, Henri III demandait à être mis en possession de l'Agenais et de la partie méridionale de la Saintonge, comme étant la dot de Jeanne de Toulouse. Philippe eut l'habileté de faire traîner la réponse, si bien que le roi Henri mourait sans avoir rien obtenu, le 16 novembre 1272.

A cette époque son fils, devenu le roi Édouard Ier, quittait la Terre sainte et rentrait en Europe. Il conservait quelque rancœur envers le roi Philippe III qui n'avait pas donné suite, en ce qui le concernait, à l'expédition en Terre sainte, ce qui avait privé le roi d'Angleterre, dont l'armée était fort réduite, d'à peu près tout moyen d'action. Au mois d'août 1273, il rencontrait Philippe à Melun ; un contemporain remarque que leurs sentiments réciproques étaient ceux du chien et du chat. Il reste que le traité de 1259 portait ses fruits : la volonté d'amour du défunt roi se prolongeait entre les cousins germains et, durant les grandes fêtes qui eurent lieu pour sa réception, le roi d'Angleterre prêta hommage au roi de France et serment de fidélité comme duc d'Aquitaine, en raison du traité de 1259. Il devait d'ailleurs séjourner l'année suivante en Aquitaine.

Bien des questions restaient à résoudre sur place avec les vassaux ; et parmi ces questions beaucoup auraient pu être occasion de conflits, que ce soit parce que la vicomtesse de Limoges était en hostilités ouvertes avec les bourgeois de la ville, ou en raison des insolences du vicomte de Béarn, un être difficile à vivre. Or tous les litiges allaient être tour à tour réglés en plein accord, et finalement, le 23 mai 1279, un nouveau traité était conclu à Amiens, qui avait précisément pour objet de mettre au clair ces questions demeurées pendantes. En particulier celle qui concernait le Quercy devait faire l'objet d'une enquête qui n'eut pas lieu. Un autre accord allait être conclu à ce propos en 1286, qui reconnaissait au roi la suzeraineté du Quercy moyennant une rente de 3 000 livres tournois en échange de laquelle le roi d'Angleterre rendait hommage lige comme pour l'ensemble du duché d'Aquitaine.

Comme l'écrit le plus récent historien de Saint Louis, Jean Richard [1], « le réalisme du roi de France et sa volonté de pacification n'avaient donc pas été en défaut ».

On le sait, ce n'est que beaucoup plus tard, en 1293, que, à nouveau, un conflit éclatait ; et cela pour une simple rixe entre marins anglais et français dans le port de La Rochelle, qu'un arbitrage aurait pu facilement régler, mais dont Philippe le Bel prit occasion pour manifester sa volonté de domination et sa politique, qu'on peut qualifier de totalitaire. Le conflit d'ailleurs ne dura pas, le roi étant empêtré déjà dans les affaires de Flandre, où se manifestent aussi son ambition et son appétit de conquête. Les conflits graves n'éclateront que beaucoup plus tard, toujours à propos de la Flandre. C'est là qu'en 1340 Édouard III, petit-fils d'Édouard Ier, prendra le titre de « roi de France et d'Angleterre » et cela bien plus pour des raisons économiques (la laine anglaise alimentait l'industrie textile de Flandre) que pour le prétexte dynastique qui fut mis en avant ; en effet, Édouard III avait dès 1328 reconnu l'accession au trône de Philippe VI de Valois et lui avait même prêté hommage. La guerre qui n'a pas eu lieu entre Édouard Ier et Philippe III éclatera alors, en 1346, marquée par la funeste défaite de Crécy et toutes celles qui suivront.

Mais c'est l'occasion de remarquer la différence profonde entre les conflits qui auront lieu en France au nord

1. *Saint Louis,* Fayard, 1983, p. 356.

de la Loire et la situation de la Guyenne qui reste pour l'Angleterre une possession de type féodal. Les opérations qui vont se dérouler durant la seconde moitié du XIVe siècle sous Édouard III prennent pour base, ou en tout cas pour prétexte, la querelle dynastique, et sans l'action de Duguesclin il est bien probable que ce n'est pas Charles V, mais bien Édouard III lui-même qui eût ceint la couronne de France ; et déjà il s'agit d'une guerre de conquête, ou de reconquête sur des provinces comme la Normandie dont le lien avec l'Angleterre s'est rompu au cours des siècles. Même situation durant la première moitié du XVe siècle ; d'ailleurs il ne s'agit plus de querelle dynastique puisque les Lancastre, Henri IV et Henri V, ont eux-mêmes fait assassiner le descendant légitime des Plantagenêts, Richard II, auquel leur dynastie s'est substituée. C'est contre ces usurpateurs que Jeanne d'Arc renverse le cours des choses, et livre les premiers combats décisifs — en attendant que la victoire de la rose blanche d'York sur la rose rouge de Lancastre mette fin à cette dernière dynastie.

Tout autre est la situation de la Guyenne qui, du moins pendant les règnes d'Édouard III et de Richard II, suit le sort des Plantagenêts auxquels elle est liée par des liens féodaux ; leurs seigneurs naturels sont les rois d'Angleterre ; la conduite de ceux ci en Guyenne sera celle de seigneurs envers leurs vassaux : rien de semblable aux exterminations dont des cités comme Harfleur ou Rouen ont été les victimes, sans parler du massacre des prisonniers après Azincourt. L'attachement des gens de Bordeaux à leur seigneur anglais se double certes de leurs intérêts économiques, mais il se justifie d'abord par ce lien de fidélité qui a des racines séculaires, puisqu'il remonte au temps d'Aliénor d'Aquitaine et s'est trouvé renouvelé et fortifié par le traité de Paris de 1259. On ne peut moins faire que de souligner cette profonde différence sans laquelle on ne comprend guère les événements qui suivent, durant la période à laquelle il faut réserver en propre l'appellation de Moyen Age, les XIVe et XVe siècles.

Chapitre VIII

UN SURVIVANT : CHARLES D'ANJOU

Tous furent fils de roi, mais Charles fut le mieux.
Adam de la Halle
La Geste de Charles
Il a nom le roi Charles : il lui faut des Rolands !
Rutebeuf

Celui qui avait pris au chevet du roi les dispositions nécessaires pour faire évacuer l'armée décimée par la dysenterie, et avait négocié son départ avec le sultan de Tunis, est une personnalité complexe dont l'activité et les exploits ont défrayé la chronique par la suite, tandis que les historiens se posaient non sans raison bien des questions à son sujet : il s'agit de Charles d'Anjou, le plus jeune frère de Louis IX.

Il a été très probablement un enfant posthume, né sans doute durant les derniers jours de l'année 1226, celle où la reine Blanche devint veuve de son époux Louis VIII. Dans le testament que celui-ci avait rédigé avant cette campagne vers le midi de la France dont il ne devait pas revenir, Charles n'était pas mentionné. Il se trouve que celui qui aurait dû être clerc, ou en tout cas n'avoir guère de domaine personnel, allait être le plus puissant, le plus actif, et sans doute aussi le mieux apanagé des frères du roi. Il recueille en effet les domaines destinés à son frère aîné Jean, mort à huit ou neuf ans, l'Anjou et le Maine ; c'est dire que sa suzeraineté s'étend sur une région qui comprend aujourd'hui les trois départements de la Mayenne, de la Sarthe et du Maine-et-Loire, plus quelques fractions de ceux qui l'environnent ; des capitales comme Angers, Le Mans, Saumur, qui aujourd'hui encore portent témoignage de toute l'activité artistique et architecturale de cette époque féconde ; des seigneuries dont l'importance sera grande à travers les temps, comme le comté de Vendôme : le cadet de la maison de France n'avait pas lieu de se plaindre de son lot ! C'est d'ailleurs un être très doué, poète et musicien, auquel a été consacrée récemment une étude de ce point de vue [1].

Ses traits, en tout cas sa stature, nous ont été conservés. A Rome en effet, le musée des Conservateurs garde la statue du roi de Sicile due à un maître fameux, Arnolfo di Cambio, élève de Nicola Pisano, et qui avait travaillé avec lui à la chaire de Pise. Elle porte la marque de l'influence antique qu'avait voulu faire revivre en Italie Frédéric II de Hohenstaufen, lequel s'était fait représenter en empereur romain couronné de lauriers. Charles est assis, en majesté, sceptre en main, et sur la tête la couronne royale. Les traits sont durs, le visage entaillé de rides profondes ; les plis du manteau drapé, retenu sur l'épaule, s'étagent sobrement tandis que les deux montants du siège figurent des lions, crinière dressée. Il y a loin de cette dure effigie à celle de Saint Louis sur la statue de Mainneville ou les innombrables images des miniatures contemporaines.

1. Jean Maillard, « Charles d'Anjou, roi-trouvère du XIIIe siècle », *Musicological Studies and Documents*, n° 18, 1967.

Il semble pourtant que l'Histoire ne lui ait pas rendu justice en le présentant sous les traits d'un despote, dur et sans pitié. Sa déposition lors du procès de canonisation de son frère le roi de France est tout empreinte du souvenir affectueux qu'il garde de lui. C'est lui qui rapporte l'émotion de Louis quand il se voit proposer, lors de la fatale retraite sur les rives du Nil, d'abandonner les traînards de l'armée en se sauvant sur une barque : « Comte d'Anjou, comte d'Anjou ! Débarrassez-vous de moi si je vous suis à charge ; moi, je ne me débarrasserai jamais de mon peuple ! » Rien ne l'obligeait à raconter l'épisode, dans lequel lui-même se trouvait désapprouvé par son frère le saint.

Charles apparaît d'ailleurs en humble posture sur la fresque de Pernes-les-Fontaines, décorant la tour Ferrande, qui le représente à genoux, recevant du pape Clément IV l'investiture du trône des Deux-Siciles, sous forme d'une charte à sceau pendant.

Une partie de son œuvre nous reste, plus importante que celle que nous a léguée Richard Cœur de Lion. Il est vrai que Charles a de qui tenir : sa mère, Blanche, compose elle aussi poèmes et musique, et son frère le roi de France lui-même a écrit et « noté » des vers. Blanche venait de la cour de Castille, l'une des plus accueillantes qui fût aux ménestrels. Mais Charles semble s'être plus particulièrement livré à cette activité poétique et nous en a laissé plusieurs témoins. Il participait volontiers à ces joutes qu'on appelait « les jeux-partis », dans lesquelles les trouvères, les troubadours se donnaient la réplique tandis qu'un juge désignait le vainqueur. Des rencontres de ce genre avaient lieu, notamment dans la cité d'Arras, et on a gardé le souvenir de maintes séances, au cours desquelles Charles fut tantôt juge et tantôt partie ; dans quelques-uns de ces exploits chantés et rimés, il fut le partenaire de Perrin d'Angicourt dont les chansons sont par ailleurs connues ; parfois encore il fut juge en même temps que le fils du roi d'Angleterre Édouard ; on a pu ainsi énumérer toute une série de ces tournois pacifiques auxquels il se plaisait.

Mais surtout, son nom est inséparable de celui d'Adam de la Halle, ou Adam le Bossu, le plus célèbre des trouvères artésiens. Attaché à Robert d'Artois, ce poète étonnamment doué l'a suivi en Italie et s'est ensuite illustré à la cour de Naples. Un exemple de plus, s'il en fallait, de cette mobilité du temps, cette aisance avec laquelle un poète qui a fait les beaux jours du Puy-d'Arras se retrouve devant la baie de Naples, où il passera les quinze dernières années de sa vie. On sait qu'il est l'auteur de la plus ancienne de nos comédies-revues, le *Jeu de la Feuillée* — et aussi de ce qu'on peut considérer comme la première opérette, le charmant *Jeu de Robin et Marion,* une pastourelle mise en scène, avec chants et ballets ; Adam était l'un des meilleurs musiciens de son temps. Après sa mort on fit rejouer, à Arras, en 1288, cette œuvre exquise et pleine de gaieté, précédée d'un prologue qui attestait la gloire de son auteur, dont un Charles d'Anjou avait su reconnaître le talent.

Un autre trouvère qui fréquentait la cour de France, Raoul de Soissons, a souvent loué le comte d'Anjou pour sa valeur, aussi bien dans le domaine poétique qu'en général pour ses qualités humaines :

A Charles, qui d'armes vainc
Ducs, comtes, princes, marquis,
Autant comme le bon rubis
Passe le faux verre teint,
Prie que la Mère-Dieu aide,
Qui tous biens sait apprendre

UN SURVIVANT : CHARLES D'ANJOU

Et plus donner que nul n'oserait prendre;
Si conquerra paradis,
Gloire et honneur et amis.

Charles d'Anjou a été plus d'une fois comparé au rubis qui jette son éclat ; et de fait son action allait être éclatante, en tout cas sur les rivages de cette Méditerranée qu'il fait retentir de ses exploits.

Car l'homme est ambitieux, démesurément. Par là il contraste avec son frère, le saint, et la mort de ce saint marquera le déchaînement des ambitions fraternelles.

A l'âge de vingt ans, le 31 janvier 1246, Charles d'Anjou épousait Béatrice, la plus jeune fille du comte de Provence ; la même année, à Melun, il était fait chevalier, à la Pentecôte, le 27 mai. C'est depuis cette date que les deux maisons d'Anjou et de Provence se trouvent liées devant l'Histoire, jusqu'au moment où, à la fin du XVe siècle (1481), l'héritage provençal fera expressément partie du royaume.

Charles s'était embarqué en direction de la Terre sainte en même temps que son aîné, le 25 août 1248, à Aigues-Mortes ; il s'était vaillamment comporté lors de l'expédition d'Égypte et, comme le roi lui-même et son frère Alphonse, avait été libéré contre forte rançon. On sait comment le second de la famille, Robert d'Artois, était mort en se lançant follement à l'attaque du camp sarrasin à la Mansourah ; son épouse, qui l'avait accompagné lors de l'expédition, avait mis au monde un fils, sans doute durant son séjour dans l'île de Chypre, qui avait précédé le débarquement en Égypte ; et pour ce Robert II d'Artois, Charles éprouva toujours une affection particulière par la suite.

Sur la demande du roi, il regagne la France ainsi que son frère aîné Alphonse de Poitiers et vient seconder leur mère demeurée à la tête du royaume pendant l'absence de ses fils. Difficultés et soucis ne manquaient pas, aussi bien dans le pays où l'inquiétant mouvement de masse de ceux qu'on appelle les *Pastoureaux*, encore qu'habilement réduit grâce à la vigilance de Blanche, dégénérait en mêlées sanglantes autour d'Orléans, qu'en Provence où la ville de Marseille en particulier manifestait son indépendance vis-à-vis du nouveau comte de Provence. Les trois grandes cités, Arles, Avignon et Marseille, s'étaient liées dès 1247 par une sorte de traité d'amitié qui constituait aussi une ligue défensive. Charles à son retour entreprit une action militaire qui eut tôt fait de convaincre les deux premières, mais à Marseille il rencontra quelque résistance. Il parvint pourtant à s'assurer les dévouements intéressés d'un des plus puissants seigneurs de la région, Barral des Baux, et finalement, le 26 juillet 1252, les Marseillais faisaient leur soumission ; leur commune continuait à s'administrer par elle-même, mais une sorte de partage du pouvoir était prévu entre les habitants et le comte qui maintenait dans la ville son représentant. D'autres mouvements de révolte pourtant allaient se produire à deux reprises et, si le premier se terminait assez rapidement par un nouveau traité de paix le 2 juin 1257, la troisième tentative — une véritable conjuration conduite par quelques notables de la ville comme le grand commerçant Jean de Manduel, par le seigneur Hugues des Baux, et un important personnage, Albert de Lavagne, qui avait été jadis l'un des agents du comte de Toulouse dans la cité marseillaise — allait mal se terminer pour les conspirateurs : Charles d'Anjou, cette fois impitoyable, en fit exécuter plusieurs sur la plaine Saint-Michel le 22 octobre 1264, tandis qu'il faisait par ailleurs confisquer leurs biens et imposait désormais son autorité à la cité.

Bien avant ce sanglant épisode, il avait eu l'occasion de manifester son ambition et cela dans une tout autre région de l'Europe, puisqu'il s'agissait du Hainaut.

A son retour en France, au mois de septembre 1254, en effet, Saint Louis avait appris non sans quelque surprise que son jeune frère Charles avait eu l'occasion de s'entremettre dans la succession du comté de Hainaut, obtenant même de la comtesse Marguerite de Flandre la promesse d'hériter d'une partie de son domaine. Le roi eut à cœur de rétablir la paix dans une région où l'incertitude dans laquelle se trouvaient les affaires de l'Empire exigeait la plus grande prudence [1] ; il se rendit lui-même à Gand pour voir la comtesse Marguerite et c'est à cette occasion qu'il prononce le fameux « Dit de Péronne », l'un de ses premiers arbitrages (la comtesse était en lutte avec ses deux fils aînés), le 24 septembre 1256.

Il intervient auprès de son frère pour qu'il renonce au comté de Hainaut et, des dédommagements étant prévus de part et d'autre, il rétablit la paix dans la contrée.

D'autres perspectives pourtant, et combien plus importantes, allaient s'offrir à l'ambition bouillante et infatigable de Charles d'Anjou. Lorsque Frédéric II de Hohenstaufen était mort en 1250, il avait laissé l'Empire dans un état de désordre et d'anarchie indescriptible. Son fils Conrad IV tenta d'établir son autorité sur le royaume des Deux-Siciles qui avait été l'objet de litiges interminables entre Empire et Papauté depuis déjà un demi-siècle. Mais il mourut en 1254, ne laissant qu'un fils de deux ans, Conradin. Les vassaux germaniques de l'empereur offrirent la couronne successivement à Alphonse de Castille, puis à Richard de Cornouailles, frère du roi d'Angleterre. Celui-ci vint effectivement à Cologne où il fut couronné,

1. Jean Richard, *op. cit.*, p. 333.

mais il devait mourir en 1271 sans avoir jamais exercé sur les provinces impériales un pouvoir réel.

Cependant, bien auparavant, s'était manifesté un bâtard de Frédéric II, Manfred, né de l'empereur et d'une noble dame italienne. Celui-ci s'était fait attribuer par le pape la principauté de Tarente ; après quoi, en dépit des excommunications pontificales, il devenait le maître de la Sicile. Bientôt les papes, qui avaient usé leur énergie et leurs efforts dans la lutte contre Frédéric II de Hohenstaufen, se retrouvaient avec un ennemi tout aussi redoutable en Italie. Et Manfred se faisait un puissant allié en célébrant en 1260 les fiançailles de sa fille Constance avec Pierre d'Aragon, fils du roi Jaime le Conquérant, tandis que lui-même épousait la fille de Michel-Ange Doukas qui aspirait à la reconquête de l'empire grec de Constantinople. C'est d'ailleurs son compétiteur, Michel Paléologue, qui allait effectivement y parvenir ; dès 1261, il devenait le nouvel empereur byzantin, celui qui pouvait se faire gloire d'avoir mis fin à la mainmise occidentale sur son pays.

Devant cette situation, le pape Urbain IV — c'était un Français, né à Troyes d'un pauvre savetier, et qui décida de faire bâtir sur l'emplacement de la boutique paternelle l'église Saint-Urbain — reprenait un projet qui déjà avait été envisagé par l'un de ses prédécesseurs, Innocent IV : solliciter la maison de France pour susciter un rival aux ambitions impériales en Italie ; en 1239, la couronne de Sicile avait été ainsi offerte à Robert d'Artois, puis en 1245 à Saint Louis en personne ; les deux offres avaient été refusées.

Mais on pouvait se douter qu'un Charles d'Anjou lui prêterait une oreille favorable. Dès 1262 l'envoyé du pape, Albert de Parme, parvenait à se faire écouter, à vaincre les scrupules de Saint Louis au sujet des droits de ce jeune garçon qu'on appelait Conradin et, tout en refusant pour lui-même et ses fils, il laissait Albert s'adresser à son frère Charles d'Anjou. Au mois de juin 1263, le pape offrait officiellement à celui-ci la couronne de Sicile ; quelque temps après, le même prince devenait sénateur de Rome où d'ailleurs il s'empressa à ce titre de fonder une université.

Sur ces entrefaites, Urbain IV mourait. Son successeur, difficilement élu après quatre mois de vacance, était encore un Français, Guy Foulcois, qui prit le nom de Clément IV ; ancien archevêque de Narbonne et auxiliaire dévoué du roi de France, il reprenait la politique de son prédécesseur, tandis que Charles d'Anjou, dans l'intervalle, n'était pas resté inactif. Sa situation de comte de Provence lui donnait quelques facilités pour agir en Italie du Nord et il en avait profité pour acquérir par négociations ou achat diverses seigneuries comme Vintimille, Mondovi, Cuneo, etc., ce qui lui permettait d'étendre sa puissance et son influence dans le Piémont. Par la suite, d'autres alliances plus hardies faisaient pièce à Manfred. A nouveau deux partis s'opposaient en Italie : celui des États de l'Église et celui de l'Empire.

Charles d'Anjou agit avec rapidité ; sans attendre la formation de l'armée qu'il réunit grâce aux subsides que lui promettait le pape, il s'embarquait à Marseille, le 10 ou 12 mai 1265, et, échappant à l'attention des nefs siciliennes qui croisaient en Méditerranée, entrait dans Rome le 23 du même mois pour recevoir le 28 juin l'investiture du royaume de Sicile ; il en porta dès lors le titre. Son épouse Béatrice l'avait rejoint et c'est dans la basilique du Latran qu'ils furent couronnés l'un et l'autre.

L'action décisive n'allait pas tarder. Manfred depuis longtemps agitait la Toscane ; l'armée destinée à soutenir Charles d'Anjou prenait une allure de croisade ; réunie à

Lyon, elle pénétrait en Italie par le col de Tende, gagnait Bologne et Ancône, et arrivait à Rome vers la mi-janvier 1266, puis, brusquant les choses, Charles l'amenait jusqu'à la plaine de Bénévent où se trouvaient retranchées les troupes de Manfred ; le 26 février, il remportait sur lui une victoire complète et Manfred se faisait tuer dans la mêlée. Charles avait voulu faire ensevelir honorablement son adversaire, mais celui-ci était excommunié et l'on raconte que le pape fit jeter et dissiper ses restes au vent. Aussitôt, Charles dépêchait en Sicile Philippe de Montfort pour le représenter dans l'île.

« Conduis-toi en vainqueur plutôt qu'en vengeur », conseillait Clément IV à Charles qui, visiblement, se distinguait par son impétuosité et son ambition plutôt que par ses qualités d'administrateur. Ses agents en tout cas semblent avoir eu la main rude et avoir mal servi en l'occurrence le renom de la France.

Béatrice de Provence allait mourir sur ces entrefaites, en 1267, à Naples ; on transféra son corps à Aix-en-Provence où elle fut inhumée à Saint-Jean dite plus tard : de Malte, dans l'église des Hospitaliers. On raconte dans la vie de sainte Douceline, une béguine provençale qui vivait à Marseille, que celle-ci avait aidé la comtesse Béatrice de ses prières et de ses conseils ; elle avait encouragé aussi Charles d'Anjou au moment où il entreprenait ses campagnes ; mais peu à peu le ton de ses lettres s'était fait plus sévère ; elle tentait de le mettre en garde contre un pouvoir trop autoritaire et une ambition effrénée ; Charles, quant à lui, était peu disposé à suivre semblables conseils.

D'autant plus qu'un nouveau concurrent s'était présenté, faisant renaître le parti gibelin qui avait soutenu son grand-père : le jeune Conradin. Trois mois ne s'étaient pas écoulés depuis la mort de Manfred que déjà il avait rallié des partisans et, avec l'aide de son cousin Frédéric d'Autriche, fomentait des troubles dans le nord de l'Italie. Bientôt, tout en soulevant contre Charles une partie de la Calabre, le jeune Conradin — il allait avoir quinze ans — entrait dans Rome, acclamé par les populations ; il se dirigea ensuite vers le sud où ses forces rencontrèrent celles du comte d'Anjou à Tagliacozzo ; Conradin fut vaincu et dut s'enfuir, se cacher dans les marais Pontins ; mais, bientôt reconnu, il allait être livré à Charles d'Anjou. Celui-ci fut cette fois impitoyable. Après avoir assigné en jugement le jeune homme et Frédéric d'Autriche comme coupables de haute trahison, il les fit décapiter l'un et l'autre, à Naples, le 29 octobre 1268. On raconte que Conradin, sur l'échafaud, jeta par défi son gant dans la foule ; un gibelin nommé Jean de Procida l'aurait ramassé et envoyé à Pierre d'Aragon. De fait le sort de la Méditerranée allait se jouer entre Aragon et Provence. Et l'on reparlera de Jean de Procida.

Peu de temps après, Charles se remariait avec la fille du comte Eudes de Nevers, Marguerite, petite-fille du duc de Bourgogne. Il allait désormais peupler ses États italiens et provençaux d'Angevins et de Bourguignons.

C'était alors le moment où Saint Louis préparait sa seconde expédition en Terre sainte. Nous avons vu comment les historiens se posent encore la question de l'influence que son frère put avoir dans le choix de Tunis comme point de ralliement des forces croisées ; toujours est-il que Charles d'Anjou fut en partie cause des retards qui amenèrent les troupes en plein été sous les murs de Carthage.

Après la mort de son frère, qui ne l'avait laissé agir en Sicile que sur les instances du pape, Charles d'Anjou laisse libre cours à une ambition toujours plus démesurée et qu'aucun conseil ne vient tempérer. Celui qui portait le titre de roi de Jérusalem, Hugues d'Antioche, lui faisait au bout de quelques années abandon de ses droits ; en fait il ne les tenait que de sa tante Marie d'Antioche à qui Charles d'Anjou les racheta pour une rente de 4 000 livres tournois : ce qui lui permit d'ajouter la couronne de roi de Jérusalem à celle de roi de Sicile ; c'est alors qu'il délègue en Terre sainte le comte de Marseille, Roger de San Severino, lequel débarque à Acre le 7 juin 1277 et obtient l'hommage des barons du pays.

Tout semblait réussir au comte d'Anjou ; encore que le pape Grégoire X ne se soit pas laissé convaincre d'appuyer, pour l'élection impériale, la candidature de son neveu Philippe le Hardi, qu'il soutenait. Jusqu'à présent aucun roi de France ne s'était laissé tenter par la « chimère impériale » ; quoi qu'il en soit, celui qui fut choisi, Rodolphe de Habsbourg, allait inaugurer une période nouvelle dans l'histoire de l'Empire allemand en le détachant de l'Italie, mais aussi en mettant fin aux luttes deux fois séculaires du Sacerdoce et de l'Empire ; là encore, c'est une ère nouvelle qui s'amorce et qui fait davantage de l'Empire une puissance proprement germanique. L'Occident tout entier d'ailleurs s'oriente vers cette politique des nationalités.

Le 30 mars 1282, lundi de Pâques, à l'heure des vêpres, éclate la fameuse insurrection connue sous le nom de « Vêpres siciliennes ». Il semble bien qu'elle ait été fomentée par ce Jean de Procida qui avait été l'un des partisans dévoués de Conradin, et surtout qu'elle ait été soutenue par Pierre III d'Aragon, époux de Constance de Hohenstaufen : il pouvait prétexter soutenir les droits de sa femme. Reste que le trop grand nombre de Français qui exerçaient tous les pouvoirs dans l'Empire angevin était une maladresse vis-à-vis des populations de Sicile et que les ambitions de Charles d'Anjou lui avaient aliéné les sympathies. « Ils occirent tous ceux qu'ils purent trouver », écrit Guillaume de Nangis, le chroniqueur de ce temps, en parlant des Siciliens ; ne furent épargnés ni vieux ni jeunes ; tous furent mis à l'épée. Même les femmes enceintes des Français furent toutes occises, si bien que nulle n'en demeura. »

Un affreux massacre. Charles ordonna à son représentant à Jérusalem de rallier au plus tôt Naples, tandis qu'il dépêchait en France son fils Charles II, duc de Salerne, pour obtenir des renforts. Dans le même temps le roi d'Aragon Pierre III armait une flotte et, sous le prétexte feint de diriger une croisade contre Tunis, demeurait en mer, non loin de l'île convoitée. Bientôt il y débarquait, marchait sur Palerme et, le 1er septembre, se faisait couronner roi de Sicile.

Le nouveau roi se savait soutenu par les Catalans qui prenaient de plus en plus de place en Méditerranée par la banque et par le commerce. La révolte s'étendait à la Calabre et même à la cité de Naples ; partout le cri de « Mort aux Français » retentissait. Charles dut reprendre en main la ville de Naples où il ne manqua pas d'exercer de cruelles représailles ; puis, après une tentative de débarquement en Sicile, qui échoua, il ralliait Brindisi, tandis que le pape Martin IV excommuniait Pierre d'Aragon. Celui-ci eut l'idée de régler les hostilités avec le comte d'Anjou d'une manière curieuse : un duel en champ clos entre les deux souverains, accompagnés chacun de cent chevaliers. La rencontre fut fixée au 1er juin 1283 à Bordeaux. Le roi Édouard Ier d'Angleterre fut sollicité comme arbitre ; il refusa, mais permit à son sénéchal Jean de Grailly de jouer ce rôle.

Au jour dit, les cent chevaliers angevins étaient là, avec Charles d'Anjou ; Pierre d'Aragon, lui, n'y était pas ; en réalité il n'était pas loin ; craignant un guet-apens, il s'était dissimulé avec ses chevaliers à deux lieues du champ de bataille prévu. Or, le 1er juin, à l'aube, tandis que son adversaire dormait, il se présenta, fit à cheval le tour de la lice et, ayant fait constater que l'adversaire ne se présentait pas, il s'enfuit à toute bride.

Il reste que Philippe III le Hardi allait être lancé dans une étrange aventure en conséquence de cette rencontre manquée. Le pape en effet déclenchait une véritable croisade contre Pierre d'Aragon et offrait la couronne à un fils du roi de France. Finalement, c'est son second fils, Charles de Valois, qui, le 22 janvier 1284, acceptait son offre ; une flotte allait être rassemblée à Marseille et à Aigues-Mortes et les hostilités commencèrent, mettant d'ailleurs Pierre III en danger, car en Aragon la noblesse était fort divisée. L'armée française envahit le Roussillon, pilla au passage la ville d'Elne et mit le siège devant Gérone. Le roi de France comptait être ravitaillé par le port de Rosas ; mais bientôt une flotte italienne, que commandait le fameux amiral Roger de Lauria, vint anéantir celle qu'il avait réunie. L'armée souffrait de la dysenterie et dut battre en retraite ; Philippe III, revenu sur Perpignan, allait y mourir le 5 octobre 1285. Il avait été précédé dans la mort par Charles d'Anjou le 7 janvier de cette même année 1285, qui fut décidément fatale car Pierre d'Aragon lui-même mourut aussi, le 10 novembre.

Ainsi disparaissaient les protagonistes de la grande lutte qui avait ensanglanté la Méditerranée. Les hostilités entre Aragon et Anjou se prolongèrent pendant encore une dizaine d'années, mais l'objet même de l'ambition du comte d'Anjou, la couronne de Sicile, avait définitivement été arraché à l'emprise française.

Quant aux droits qu'il conservait sur Naples, il devait les léguer à ses descendants : ce fut un lourd héritage qui devait peser sur l'avenir du royaume de France.

Chapitre IX

UN ABSENT : JEAN DE JOINVILLE

Il ne faut pas oublier non plus Joinville, dit Dieu,
Il osait reprendre même le roi.

Péguy
Mystère des Saints-Innocents

« Du voyage qu'il fit à Tunis, je ne veux rien conter ni dire, pour ce que je n'y fus pas, Dieu merci ! »

C'est en ces termes que Joinville évoque la dernière croisade du roi, son ami. Et l'on peut être quelque peu surpris lorsqu'on songe à la place que la précédente expédition tient dans ses *Mémoires* et dans sa vie. De 1248, l'année du départ, jusqu'au retour en 1254, il avait été sans doute le baron le plus proche du roi et aussi de la reine. Joinville avait déjà approché le roi, notamment lors des fêtes de Saumur en 1241, au cours desquelles Alphonse de Poitiers avait été armé chevalier, ainsi que plusieurs seigneurs de l'entourage royal. Il était d'ailleurs un tout jeune homme, dix-sept ans environ. Mais ce n'est rien à côté du compagnonnage étroit qui unit les deux hommes, et de plus en plus à mesure que le temps passe, que les difficultés s'accumulent, que l'existence quotidienne leur est une occasion de s'apprécier mutuellement ; jusqu'au moment où Louis IX, libéré de captivité — et Jean de Joinville s'est montré efficace alors, dans les tractations dont il a été chargé —, engage celui-ci et le prend à ses frais pendant tout le temps où il restera en Terre sainte, à Acre, à Césarée et ailleurs. Joinville avait perdu dans l'aventure égyptienne tout ce qu'il possédait, mais ses propres chevaliers lui étaient demeurés fidèles, et il avait été le premier à donner au roi le conseil de rester en Terre sainte, le temps qu'il faudrait pour faire libérer les prisonniers et raffermir le Royaume latin voué à la perdition.

C'est encore auprès du roi et aussi de la reine Marguerite que le Champenois fit le voyage de retour. Il était alors devenu l'un des intimes et des familiers du couple royal. Il avait été témoin du courage extraordinaire de Louis au moment où, non loin de Chypre, la nef royale avait heurté un récif qui avait fort endommagé sa quille. Que faire ? « Je vois que si je descends de cette nef, on n'en voudra plus, et je vois qu'il y a ici huit cents personnes et plus ; et comme chacun aime sa vie autant que je fais la mienne, nul n'oserait demeurer en cette nef, mais tous resteraient à Chypre ; c'est pourquoi, conclut le roi, s'il plaît à Dieu, je ne mettrai pas tant de gens en péril de mort, mais je demeurerai ici pour sauver mon peuple. » L'un des chevaliers partis pour la croisade, Olivier de Termes (fort malmené au moment de la guerre albigeoise, il avait fini par faire sa soumission et finalement s'était croisé en même temps que le roi de France), n'osa pas rester dans la nef endommagée ; il descendit à Chypre, et, comme le raconte Joinville, « nous ne le revîmes qu'au bout d'un an et demi ». Alors que, dans la nef royale, Joinville et les huit cents passagers vinrent finalement à bon port.

Joinville est aussi témoin du roi, quand avec une obstination toute royale, il demeura deux jours en vue du château d'Hyères, refusant de prendre terre ailleurs qu'en son domaine, c'est-à-dire plus loin encore, à Aigues-Mortes. Le sénéchal est alors le premier à lui conseiller de mettre pied à terre sans plus attendre, lui rappelant que « Madame de Bourbon qui ne voulut pas descendre en ce port, mais se remit en mer pour aller à Aigues-Mortes, demeura depuis sept semaines sur mer ».

Ils venaient d'avoir dix longues semaines depuis Chypre — semaines d'une navigation hasardeuse, dans une nef dont on pouvait craindre à chaque instant qu'elle ne se disloquât : « Le roi se rendit au conseil que nous lui donnâmes, de quoi la reine fut très joyeuse. » Il y a là un trait qu'on ne peut manquer de relever, car visiblement Joinville s'est fait le chevalier servant de la reine Marguerite de Provence. On le sent très proche d'elle et tout à sa dévotion ; aussi bien est-ce grâce à Joinville que nous connaissons sur la reine quelques anecdotes où se révèle son extraordinaire courage ; ainsi, lorsque, le feu ayant pris dans sa chambre, en pleine mer, par l'imprudence d'une servante, elle a la présence d'esprit de saisir toutes les toiles en feu et de les jeter par-dessus bord.

Plus encore, elle fait montre d'un sang-froid et aussi d'un esprit d'initiative qui a sauvé son époux lui-même ; car, lors de la désastreuse expédition d'Égypte, elle est demeurée à Damiette, étant tout près d'accoucher ; mais laissons la parole à Joinville ; aucun récit ne vaudra le sien : « Avant qu'elle fût accouchée, elle fit sortir de sa chambre tous excepté un vieux chevalier de l'âge de quatre-vingts ans, qu'elle faisait coucher devant son lit ; elle s'agenouilla devant lui et lui requit une grâce, et le chevalier la lui octroya par serment. Et elle lui dit : "Je vous demande, par la foi que vous m'avez donnée, que si les Sarrasins prennent cette ville, vous me coupiez la tête avant qu'ils me prennent." Et le chevalier répondit : "Soyez certaine que je le ferai volontiers, car je l'avais déjà bien pensé, que je vous occirais avant qu'ils vous eussent prie. " »

Ce n'est encore qu'un prélude à la scène principale : « Le jour même qu'elle fut accouchée, on lui dit que ceux de Pise et de Gênes et des autres communes (les marchands, seule population masculine demeurée dans la ville, puisqu'ils ne se battaient pas) voulaient s'enfuir. Le lendemain qu'elle fut accouchée, elle les manda tous devant son lit, si bien que la chambre fut toute pleine, et leur dit : " Seigneurs, pour l'amour de Dieu, ne laissez pas cette ville, car vous voyez que messire le roi serait perdu et tous ceux qui sont pris si elle était perdue ; et, s'il ne vous plaît, que pitié vous prenne de cette chétive créature qui gît ici, en sorte que vous attendiez jusqu'à temps que je me sois relevée. " Et ils répondirent : " Madame, comment ferons-nous ? car nous mourrons de faim en cette ville. " Et elle leur dit qu'ils ne s'en iraient point pour cause de famine : " Car je ferai acheter toutes les viandes (tout le ravitaillement) en cette ville et je vous retiens tous dès à présent aux dépens du roi. " Ils se consultèrent et revinrent à elle et lui concédèrent qu'ils demeureraient volontiers ; et la reine fit acheter toutes les viandes de la ville qui lui coûtèrent 360 000 livres et plus. » Grâce à cette présence de marchands italiens et provençaux demeurés à Damiette, la ville fut gardée et put servir de monnaie d'échange avec « les Sarrasins », ce qui permit de libérer le roi et les hauts barons. Ainsi le courage de Marguerite avait sauvé Louis, qui dans le même temps opposait le plus ferme courage aux menaces et aux pressions dont il était l'objet en prison, en dépit des maladies et des souffrances qui l'accablaient. Louis se conduit en parfait chevalier, Marguerite en parfaite dame.

L'enfant qui était né en ces circonstances tragiques fut

appelé Jean et surnommé Tristan « pour la grande douleur du temps où il naquit ».

Et l'on se trouve reconnaissant envers la reine Jeanne de Navarre, épouse de Philippe le Bel, qui eut l'idée de demander au sénéchal d'écrire ses mémoires. C'était, nous l'avons vu, bien après les événements, et même après que le roi eut été canonisé le 6 août 1297. D'autres avaient entrepris de raconter la vie du saint roi ; parmi eux son propre confesseur Geoffroy de Beaulieu, un père dominicain qui l'avait assisté à Tunis où Joinville n'était pas, et aussi le confesseur de la reine Marguerite, Guillaume de Saint-Pathus ; mais aucun n'a restitué le personnage avec autant de vivacité et de naturel. Joinville n'a terminé son ouvrage qu'en 1309, à l'âge de quatre-vingt-cinq ans.

A son retour en France en 1264, il avait retrouvé son épouse, Alix de Grandpré, et ses deux fils, Anseau et Jean. L'émotion des retrouvailles ne l'avait pas empêché d'accomplir comme il l'avait promis, pieds nus, sans chausses, le pèlerinage de Saint-Nicolas-du-Port que, deux cents ans plus tard, devait aussi accomplir Jeanne d'Arc. Il eut à résoudre quelques difficultés dans son domaine ; en 1258 il concédait aux habitants de Joinville une charte de franchise ; puis, deux ans plus tard, l'an 1260, il perdait successivement sa mère et son épouse. L'année suivante il se remaria avec Alix de Reynel dont il eut six enfants. En 1315 encore, à quatre-vingt-onze ans, il prenait part à l'expédition menée en Flandre par Louis X, qui venait de recueillir la succession de son père Philippe le Bel. Joinville n'allait mourir que deux ans plus tard, en 1317, vraisemblablement le 24 décembre, à la veille de Noël.

C'est dire qu'il aura vécu suffisamment pour apprécier les changements qui se seront produits d'un règne à l'autre sous les deux Philippe successivement.

Ce n'est pas sans appréhensions qu'il a assisté aux préparatifs et au départ de cette nouvelle expédition à laquelle il n'a pas voulu participer. Là encore, il est bon de lui laisser la parole : on s'en voudrait de priver le lecteur de son accent savoureux : « Il advint que le roi manda tous ses barons à Paris en un carême ; je m'excusai près de lui pour une fièvre quarte que j'avais alors et le priai qu'il me voulût bien dispenser ; et il me manda qu'il voulait absolument que j'y allasse, car il y avait là de bons physiciens qui savaient bien guérir de la fièvre quarte. » On peut admirer la finesse du récit et l'échange de bons procédés qu'il suppose : Joinville se doute de quoi il retourne, et préfère s'abstenir ; le roi, ruse pour ruse, lui fait remarquer que les médecins de Paris sauront le guérir et lui laisse entendre par là qu'il n'admettra pas d'excuse.

Cela se passait en 1267. « Je m'en allai à Paris, raconte Joinville. Quand vint le soir de la Vigile de Notre-Dame en mars (25 mars) je ne trouvai personne, ni la reine, ni autre, qui me sût dire pourquoi le roi m'avait mandé. » C'est alors qu'il a un rêve prémonitoire : « Il me fut avis en dormant que je voyais le roi devant un autel, à genoux, et il m'était avis que plusieurs prélats en habit d'Église le revêtaient d'une chasuble vermeille en serge de Reims. » Le lendemain il se fait expliquer cette vision par son chapelain nommé Guillaume, et celui-ci pense que la chasuble vermeille signifie que le roi va prendre la croix et, qu'elle ait été de serge et non de soie, « cela signifie que la croiserie sera de petit profit, ainsi que vous verrez si Dieu vous donne vie ».

Déjà, dans l'entourage royal, ce matin de l'Annonciation, le bruit se répand parmi les chevaliers, que si le roi les a convoqués, c'est parce qu'il a l'intention de prendre à nouveau la croix ainsi que ses fils : Jean-Tristan, Pierre d'Alençon et Philippe, le futur Philippe III.

« Je fus beaucoup pressé par le roi de France et le roi de Navarre de me croiser. A cela, je répondis que, tandis que j'avais été au service de Dieu et du roi outre-mer et depuis que j'en revins, les sergents du roi de France et du roi de Navarre (Thibaud) avaient détruit et appauvri mes gens... » Les défendre contre le fisc, comtal et royal, faisait partie de ses devoirs seigneuriaux. Joinville résiste à toutes les sollicitations : « Si je voulais faire au gré de Dieu, je demeurerais ici pour aider et défendre mon peuple ; car si je mettais mon corps en aventure du pèlerinage de la croix, là où je voyais tout clair ce que serait pour moi le mal et dommage de mes gens, je courroucerais Dieu qui mit son corps pour sauver son peuple. » Et Joinville énumère les deux raisons qu'il a d'en vouloir à ceux qui encourageaient le roi à partir, à prendre la croix une fois de plus : « Ils firent un grand péché ceux qui lui conseillèrent le voyage dans la grande faiblesse où son corps était, car il ne pouvait supporter d'aller en char ou de chevaucher. Sa faiblesse était si grande qu'il souffrit que je le portasse entre mes bras depuis l'hôtel du comte d'Auxerre, là où je pris congé de lui, jusqu'aux Cordeliers. Et si faible qu'il était, s'il fût demeuré en France il eût pu vivre encore assez pour faire beaucoup de bien et de bonnes œuvres. » De fait, le roi était malade en 1267 ; mais il semble bien qu'au moment du départ pour la croisade, trois ans plus tard, sa santé était rétablie. Joinville est plein de ressentiments contre cette expédition qui lui a enlevé un seigneur qu'il révère et qu'il aime. Mais il voit aussi le bien du royaume : « Tous ceux-là firent un péché mortel, qui lui conseillèrent le voyage, pour ce que, au point où il était en France, tout le royaume était en bonne paix en lui-même et avec tous ses voisins, ... et depuis qu'il partit, l'état du royaume ne fit jamais qu'empirer. »

L'état du royaume ne fit qu'empirer : cette remarque va loin ; elle montre à quel point Joinville est conscient de la dégradation qui se manifeste aussitôt après la mort du roi. « Le royaume était en bonne paix avec ses voisins. » En 1309, au moment où il trace ces lignes, le sénéchal aura été témoin de combien de guerres ! Les quarante-quatre ans du règne de Saint Louis n'avaient comporté aucune guerre offensive hors des frontières ; un seul et bref exploit victorieux, pour mettre à la raison Henri III d'Angleterre et ceux qui tentaient de faire renaître les hostilités en Languedoc — celui que termine la double victoire de Saintes et de Taillebourg, l'an 1242. Et les enquêtes que le roi fait entreprendre dans le royaume révèlent une paix que rien de sérieux ne viendra troubler. Lorsqu'il s'éloigne en 1248 pour accomplir le vœu qu'il a fait de prendre la croix, Jérusalem étant retombée une fois de plus au pouvoir des « Sarrasins », l'ensemble du pays jouit de cette « tranquillité de l'ordre » qui est la paix, selon la définition reprise en ce temps par les scolastiques.

Combien de guerres aura-t-il vu depuis lors ! Le sénéchal de Champagne ne nous a pas laissé le récit : son propos était différent. L'eût-il fait, il n'aurait pas manqué de remarquer qu'il s'agit la plupart du temps de guerres hors du royaume, et ne témoignant plus de cette volonté d'apaisement qui avait toujours animé le saint roi Louis IX : guerre en Navarre, guerre en Aragon. Et le roi Philippe III n'avait même pas assuré les moyens de mener cette politique de conquête ; le fameux « ost de Sauveterre » révélait son incapacité : une vaste armée, avec un certain nombre de barons espagnols passés au service du roi de France, mais qui, faute de ravitaillement, n'a jamais réussi à quitter sa base de départ : Sauveterre-en-Béarn. Quel contraste avec les préparatifs de

Saint Louis lors de son expédition en Orient : ces montagnes de blé, ces pyramides de tonneaux entassés à Chypre, représentant les efforts de deux années de moissons et de vendanges, réunis à l'avance pour assurer la subsistance de ces gens qui s'embarquaient pour une expédition pourtant si indécise et si lointaine...

Et quand, une troisième fois, l'armée royale s'est engagée vers les Pyrénées, après le témoignage d'une piteuse incapacité, elle a donné celui d'une cruauté inexcusable : le siège, le pillage de la ville d'Elne ont allumé sur place des rancœurs qui ne sont pas près de s'éteindre ; sous prétexte que les ennemis étaient excommuniés, quels ravages n'a-t-on pas commis avant d'échouer piteusement et de battre en retraite, délaissant la cité de Gérone qu'on avait réussi à faire capituler. Et pour la première fois depuis l'installation de la lignée capétienne, un roi de France était mort au cours d'une guerre livrée hors des frontières ; victime sans doute des ambitions qui se donnaient libre cours autour de lui, entre autres celle de Charles d'Anjou ; mais précisément, tant qu'il avait été en vie, le saint roi avait su lui tenir tête.

Et depuis ! que de combats sans objet autre qu'un appétit de pouvoir qui contrastait si fort avec la mesure et la sagesse du passé : la guerre qui aurait pu si facilement éclater en Aquitaine avec le roi d'Angleterre, lors de l'épineux règlement de l'héritage d'Alphonse de Poitiers, et qui n'avait pas eu lieu, tant était vif l'esprit de paix qui, issu du traité de Paris, continuait à « mettre amour » entre les deux cousins — voilà que, maladresse ou ambition délibérée, Philippe le Bel l'avait allumée dans cette Guyenne qui ne demandait qu'à vivre en paix, fidèle au serment féodal. Ce « roi qui est aujourd'hui » a multiplié à son endroit les exactions inutiles et les provocations : une conduite incompréhensible. Édouard Ier, cité une première fois à comparaître à la cour de France, avait offert toutes les compensations que l'on pouvait souhaiter : il était d'accord pour remettre six places fortes en Agenais et en Saintonge, où le roi de France pourrait envoyer quelques hommes d'armes pour y tenir garnison. Ce dernier a envoyé toute une armée ! Il offrait d'épouser lui-même, sa femme Aliénor de Castille étant morte en 1290, la sœur de Philippe le Bel, Marguerite de France ; et l'héritier de ce mariage recevrait à perpétuité, pour sa lignée, l'Aquitaine en héritage. Marguerite avait refusé la main d'Édouard et à nouveau ce dernier recevait l'ordre de comparaître à Amiens devant la cour du roi de France ; mais, tout en lui envoyant cette convocation inusitée, le même roi lui refusait le sauf-conduit nécessaire ! Comment le roi d'Angleterre ne l'aurait-il pas accusé de mauvaise foi ? Or, après avoir fait déclarer la confiscation de son fief, en 1294, après avoir réuni une armée importante sous les ordres de son frère Charles de Valois, après avoir entretenu sur place une agitation aussi vaine qu'inexpliquée, Philippe le Bel n'avait même pas exploité ces avantages, ni poussé à fond la conquête d'une province qui aurait pu facilement tomber alors sous sa dépendance directe. Il faut dire que, dans le même temps, non content de vouloir envahir l'Aquitaine, il s'engageait en Flandre dans une campagne qui allait s'étirer des années durant et ensanglanter inutilement cette région alors au faîte de sa prospérité. Il est bien probable que, lorsqu'il repassait dans sa tête cette série d'événements, Joinville n'y comprenait pas davantage que tous les historiens ne l'ont fait après lui. Inexplicable, incompréhensible — ce sont les termes dont ils usent. Et lorsque, à Montreuil, la paix fut rétablie avec le roi d'Angleterre, le 19 juin 1299, le bon peuple de France ne comprit pas davantage.

Édouard Ier épousait Marguerite, sœur de Philippe le Bel ; son fils Édouard II, qui n'était encore qu'Édouard de Carnarvon, prince de Galles, épouserait, lui, la jeune Isabelle, fille de Philippe le Bel. Triste cadeau d'ailleurs ; le mariage n'aura lieu qu'en 1308, et bientôt la princesse sera surnommée par les Anglais : la Louve de France ; elle ne justifiera que trop son surnom, puisqu'elle fera tuer son époux par l'un de ses amants.

Cette politique, agitée, brouillonne, faite d'hostilités et de volte-face, quel contraste avec la ligne ferme, sûre, attentive aux réalités concrètes, que suivait celle de son grand-père !

C'est ainsi qu'en Flandre et en Hainaut, ses arbitrages avaient assuré une juste répartition des héritages dans des familles comtales très déchirées ; alors que le roi de France « qui est à présent », en s'assurant toute autorité sur la Flandre, en y dépêchant pour le représenter le gouverneur Jacques de Châtillon, a pris ouvertement parti pour la grande bourgeoisie des villes. Le roi Louis IX avait eu plus d'une fois à intervenir dans les villes du royaume où les lignages bourgeois ne se faisaient pas faute, partout où ils le pouvaient, de soumettre le menu peuple à leurs exigences fiscales, de monopoliser la justice pour empêcher les plaintes des petites gens d'aboutir. Or, sous Philippe le Bel, le gouverneur retourne la situation ; il s'appuie sur les lignages bourgeois, les gros marchands drapiers dont l'opulence a ébloui le roi et la reinc, lors de leur tournée en Flandre, l'an 1301 ; le résultat a été cette explosion de violence de la part du « menu », les gens du peuple, les « ongles bleus », comme disent dédaigneusement les bourgeois. Le 18 mai 1302 a eu lieu ce soulèvement sanglant appelé « matines de Bruges » ; on a chassé et assassiné tous les Français, bien reconnaissables à leur accent ; le gouverneur Jacques de Châtillon et avec lui Pierre Flote, un légiste du roi, de ceux qui ont sur lui pleine influence, ont pris la fuite et échappé de justesse au massacre. Bientôt, c'est le peuple de Flandre tout entier qui s'est trouvé en révolte à l'appel du tisserand Pierre Conynck; avec le soutien de la noblesse de l'endroit, en lutte depuis longtemps contre la grosse bourgeoisie commerçante, il s'est insurgé contre les agents du roi. Et c'est à la suite de cette politique désastreuse que la chevalerie française a subi sa première défaite, sous les murs de Courtrai, le 11 juillet 1303. La piétaille flamande, armée de bâtons, a vaincu les chevaliers de Robert d'Artois; et cette fois Pierre Flote a péri dans la mêlée, mais avec lui toute « la fleur de la noblesse française », entraînée par le roi dans cette sinistre aventure: un fait d'armes inouï dans ses annales. On a émaillé les murs de l'église Notre-Dame-de-Courtrai des éperons d'or ramassés sur le champ de bataille. Et chacun y a vu un jugement de Dieu.

Or, la guerre renaît et s'éternise dans les plaines de Flandre. Au moment où Joinville compose son œuvre, on n'en voit pas la fin. Une série de batailles menées avec une sorte d'acharnement aveugle fera suite à la sanglante défaite de Courtrai; lui-même prendra part à quelques épisodes et même à celui de 1315, l'« ost boueux », où une partie de la chevalerie s'est enlisée dans la boue d'un été particulièrement pluvieux. Ces affaires de Flandre auront lourdement pesé sur l'état du royaume.

« Qu'il y prenne garde, le roi qui est à présent; car il est échappé d'aussi grand péril et de plus grand que nous ne fîmes: qu'il s'amende donc de ses méfaits, en telle manière que Dieu ne frappe pas cruellement sur lui ni sur ses biens », écrit Joinville au début de ses *Mémoires* — donc probablement dès 1305; et ce n'est pas sans raison qu'il juge aussi sévèrement un royaume dans lequel il voit

« tout empirer ». Ayant le sens de l'histoire, il s'est défendu de traiter autre chose que ses souvenirs personnels, ce qu'il a « vu et ouï ». Mais il ne peut au passage s'empêcher de dire ce que lui inspire la comparaison entre les deux règnes, celui du grand-père et celui du petit-fils.

Or, il y a pire encore que l'interminable guerre de Flandre. Qui aurait jamais pu croire qu'un jour le familier du roi de France, son âme damnée, Guillaume de Nogaret et ses séides envoyés par le roi frapperaient le pape, le feraient prisonnier après avoir envahi à Anagni le palais et la cathédrale où il s'était réfugié, après avoir pillé ce palais pontifical et son trésor, et pris sa personne en otage. C'est pourtant ce qui s'est passé quand Guillaume de Nogaret, le légiste, le professeur de droit romain, l'un de ceux qui proclamaient que le roi de France était « empereur en son royaume », et qu'il pouvait prétendre à la monarchie universelle, a commis l'attentat du 7 septembre 1303. Boniface VIII est mort, épuisé par le coup et la lutte qui avait précédé, le 11 octobre de la même année, soit un mois après. Et Philippe le Bel s'est empressé de porter de 300 à 800 livres la rente qu'il assurait à son favori Nogaret.

Certes Boniface VIII était aussi autoritaire que le roi de France lui-même, aussi imbu de son pouvoir et jaloux de son autorité, mais que pouvaient penser les témoins des deux règnes, celui de Louis et celui de Philippe ?

Et Joinville, en prononçant son « qu'il y prenne garde », pouvait avoir aussi présente à l'esprit l'abominable affaire des Templiers, dont il verra la fin, menée elle aussi de bout en bout par Nogaret, l'homme de main du règne. Il aura appris, comme chacun, l'arrestation massive des Templiers de France, le 13 octobre 1307 : une opération policière sans précédent ; la police n'avait certainement pas été la préoccupation première du roi qui avait été son ami... Et les accusations dont on avait couvert les malheureux Templiers, aussitôt torturés qu'arrêtés, paraissaient émaner d'une imagination démoniaque : sodomie, blasphèmes, sacrilèges sans nom... Le roi se proclamait le champion de la morale, le défenseur des mœurs et de la foi catholiques, le « bras séculier » de l'Église : quel retournement du pouvoir laïc, auquel l'Inquisition avait si imprudemment demandé son assistance dans la lutte contre l'hérésie ! La puissance pontificale se trouvait là prise à son propre jeu.

Joinville avait eu lui-même maille à partir avec les Templiers, qui avaient refusé, en Terre sainte, de livrer l'argent de leur coffre pour la rançon du roi ; il avait même à l'occasion agi brutalement et comme on tardait à lui remettre la clé du coffre, il avait saisi une hache en déclarant qu'il en ferait « la clé du roi ». (On conçoit d'ailleurs que les Templiers, dépositaires de sommes qui ne leur appartenaient pas, aient en l'occurrence hésité à la remettre fût-ce pour la meilleure des causes.) De là à accuser les braves soldats et les paisibles éleveurs de chevaux qu'ils étaient pour la plupart, il y avait une distance que seuls pouvaient franchir ces conseillers qui entouraient aujourd'hui le roi de France, les Pierre Flote, les Nogaret, les Plaisians, tous ceux que le roi décorait du titre de chevaliers ès lois, parce que leur connaissance du droit romain leur donnait une importance nouvelle aux yeux de celui qui prétendait au titre de monarque, et ne faisait que déployer, dans ses fonctions, son goût maniaque pour le pouvoir, que de plus en plus ne venaient tempérer ni scrupule ni souci de justice. La passion du pouvoir, la plus forte de toutes, à côté de laquelle la passion amoureuse est peu de chose, remarque Thomas d'Aquin...

Le royaume entier s'en ressentait, et l'ambition royale

faisait peser un malaise jusque sur les plus petites gens, car la guerre coûtait cher ; à la solde des hommes d'armes il fallait ajouter les sommes versées à flots pour s'assurer complicités et bons offices dans les conflits inextricables engagés en Italie, en Flandre et ailleurs. Au point qu'on avait vu le roi de France recourir à des procédés qui étaient entièrement nouveaux dans le pays : altérer la monnaie ! Autre comparaison lourdement ressentie entre deux règnes : Louis IX avait pu — et cela ne s'était plus vu depuis l'époque de Charlemagne — faire frapper une monnaie d'or, tant la prospérité régnait en son royaume ; l'écu d'or à la croix couronnée de quatre fleurs de lys qu'il avait fait frapper l'an 1266 attestait, et atteste à travers les siècles, la santé des finances non seulement du roi, mais du peuple entier ; et le gros tournois d'argent, avec sa croix entourée de douze fleurs de lys, avait peu à peu supplanté les monnaies seigneuriales ; monnaie nouvelle permettant les grands échanges, plus commode que le minuscule denier avec lequel étaient faits tous les paiements jusqu'alors. La France égalait l'Angleterre, la cité de Florence, qui la première en 1252 avait repris la frappe de l'or ; son écu d'or rivalisait avec le florin, avec le ducat vénitien. Elle possédait désormais une monnaie qui correspondait à son rang en Occident.

Que de fois, dans le temps de Joinville, aura-t-on soupiré après « la bonne monnaie monseigneur Saint Louis ». Dès la date de 1303, première altération du gros tournois. On a aussitôt accusé les deux Italiens qui sont les grands financiers du règne, ceux qu'on appelle Biche et Mouche, Albizzo et Musciatto Guidi dei Franzesi. Cette altération s'est compliquée de mutations continuelles dans le système monétaire : six fois en quinze ans ! Le rapport de l'or et de l'argent ne cesse de varier, pour le plus grand profit du roi et le désarroi des marchands et des petites gens. Dès cette époque on pourra prévoir des manipulations qui peuvent certes nous rendre indulgents pour celles de Philippe le Bel; mais la sévérité avec laquelle elles ont été jugées en son temps ne fait que mieux apparaître ce que jusqu'alors on avait attendu d'un roi de France, et comment on avait pu précédemment se fier à la qualité d'une pièce de monnaie frappée à son effigie.

D'ailleurs, personne à l'époque ne pouvait admettre que les besoins de la royauté aient pu si brusquement croître. Joinville en fait la remarque avec une allusion fort claire; il parle de la façon dont le royaume fut « mieux peuplé et amendé » pendant le règne de Louis IX « pour le bon droit qu'on y faisait ». Et d'énumérer complaisamment toutes les constructions, hôpitaux, églises, monastères, dues au roi Louis, et les aumônes abondantes qu'il faisait — sans pour cela charger son peuple de tailles ou d'aides, c'est-à-dire d'impôts extraordinaires. Mais le roi n'entretenait pas comme son petit-fils des guerres continuelles. On a évalué à deux ou trois millions de livres tournois les frais de guerre de Gascogne pour quatre années seulement, entre 1293 et 1297. Quant à la Flandre, en dix mois qui ne comportent aucune bataille, les représentants du roi y dépensent 447 000 livres tournois, (entre octobre 1298 et août 1299).

Il est vrai que le train de vie royal s'est modifié du tout au tout. Philippe le Bel veut une administration, des fonctionnaires à sa dévotion; lorsque son grand-père voulait s'enquérir exactement de la bonne conduite de ses agents et recueillir les doléances populaires, il envoyait des Frères prêcheurs ou mineurs, gens proches du peuple et qu'il suffisait de défrayer de leurs dépenses; quant à son hôtel personnel, il y employait, Joinville en est témoin, seize personnes en tout pour la vie domestique. Philippe le Bel, lui, a organisé la Chambre aux deniers fixée à Paris ; la Chancellerie comporte trois fois plus de secrétaires et notaires à la fin du règne qu'au début ; le Conseil, le Parlement, la Chambre des comptes doublent leur personnel. D'autre part — mais le paradoxe n'est qu'apparent — il exige volontiers des autres les économies dont il se dispense lui-même et édicte dès 1294 des lois somptuaires destinées à limiter le luxe de ses sujets : « Nulle bourgeoise n'aura de char. Nul bourgeois ni nulle bourgeoise ne portera de vair, de gris, d'hermine... Ils ne porteront ni ne pourront porter d'or, de pierres précieuses, de couronnes d'or ou d'argent... » Et sa sévérité s'étend aux torches de cire et même au potage au lard et aux harengs — fixant le nombre de mets qui peuvent figurer au repas du bon peuple ! etc. A un roi Louis IX il suffisait de donner personnellement l'exemple de la sobriété dans le boire, le manger et de s'habiller de façon ou modeste ou somptueuse suivant que les circonstances l'exigeaient.

Et un observateur attentif comme Joinville, même s'il n'en dit rien expressément, était bien placé pour voir et remarquer ce qui se dégradait dans le royaume : sénéchal de Champagne, il a pu constater le déclin de ces foires jadis si prospères de Troyes, de Bar, de Provins. On sait comment, au début du XIVe siècle, les faillites retentissantes s'y succèdent, celles par exemple des marchands italiens, les Peruzzi, les Bardi. Il est vrai que le système commercial va se modifier, que le marchand qui jadis voyageait par lui-même va se fixer, avoir des succursales au-dehors et des facteurs sur les places importantes pour son commerce, sans connaître comme jadis les aléas personnels, le danger des routes et des traversées.

Ce ne sont pas seulement les conditions du commerce qui changent. On peut se demander s'il y eut jamais époque de mutations plus nettes, plus profondes qu'en ce début du XIVe siècle. Les spécialistes de l'histoire des techniques remarquent qu'aucune découverte d'importance ne se fait désormais. On assiste à une période étale où curieusement semble se tarir le goût de l'invention qui avait si fort caractérisé les quatre siècles précédents. Du collier d'attelage à la diffusion du moulin, de l'invention du gouvernail à celle de la boussole, du fer forgé aux verres de lunettes, de la cheminée à l'usage du charbon de terre ou à la fabrication du papier, on avait assisté à un véritable jaillissement de l'esprit d'invention — d'inventions techniques, celles qui influent directement sur la vie quotidienne, qui soulagent la peine de l'homme. Le tout semblait couronné par des trouvailles architecturales spectaculaires : la croisée d'ogive, l'arc-boutant, qui avaient donné toutes les possibilités d'expansion aux merveilleuses cathédrales dont le domaine royal en particulier s'était vu « enluminé », suivant l'expression du sénéchal ; et les grandes roses et les flèches toujours plus hautes. Lorsqu'en 1284 s'effondrent les voûtes de la cathédrale Saint-Pierre de Beauvais, il semble qu'un coup d'arrêt ait été donné. La reconstruction, poursuivie durant une quarantaine d'années, ne devait jamais aller au-delà du transept de l'église. L'élan s'est brisé une fois passé le règne de Saint Louis.

Et pourtant les désirs de renouvellement, la capacité de production artistique ne pouvaient s'éteindre de sitôt. On a vu comment l'art du portrait pointe dès cette époque ; mais peut-être justement l'attention donnée à l'individu en tant que tel a-t-elle quelque peu absorbé celle qu'on apportait précédemment à la recherche en chaque personne de ce qui en elle est reflet et image de Dieu. Peu à peu on va voir l'expression artistique glisser ainsi de la vérité à l'exactitude et il ne faudra pas moins que l'invention de la photographie au XIXe siècle pour libérer réellement l'artiste d'une tendance à la copie de la réalité extérieure qui sera de plus en plus impérative. Qui deviendra même une norme à l'époque classique, au point qu'un Diderot l'érigera en véritable code de la peinture. On saisit ici l'origine d'une sorte d'amenuisement des forces artistiques, si vigoureuses encore au XIIIe siècle.

Mais si l'invention technologique s'épuise alors, une technique en revanche va prendre un développement prodigieux. Cela, Joinville n'a pu le constater ; il a vu la guerre occuper le règne entier de Philippe le Bel et celui de son fils Louis à qui il dédie son œuvre ; mais ce n'est qu'une dizaine d'années après sa mort que va se manifester cette invention technique qui bouleversera les conditions de la guerre : la poudre à canon. C'est vers l'an 1326 qu'on décèle en effet son apparition en Occident et l'on sait qu'à la bataille de Crécy, l'an 1346, deux bombardes semèrent la panique. Événement majeur en fait, celui qui va faire basculer l'équilibre même des combats. Jusqu'alors, ce qui dominait, c'était l'étude et la recherche des moyens de défense pour le combattant. L'image la plus juste de ces temps nouveaux est sans doute celle qui, pour le folklore et les manuels scolaires, aura caractérisé ce qu'on appelle abusivement « Moyen Age » : l'armure du combattant. Cette image n'apparaît en réalité que durant la première moitié du XIVe siècle, au moment où la poudre à canon marquait son apparition sur les champs de bataille et où, pour s'en préserver, l'homme devient une forteresse vivante. A la souple cotte de mailles que recouvrait un surcot léger, complété par le casque et les jambières, on substitue l'armure de « plates », de plaques de fer s'emboîtant comme dans une carapace — dernier moyen de défense contre des moyens d'attaque devenus infiniment supérieurs, infiniment plus puissants que ceux qu'on avait utilisés jusqu'alors, quand l'imagination des ingénieurs se portait sur les fortifications, mieux adaptées et plus perfectionnées, des châteaux et des villes. Or, par une sorte de dérision, ce sont ces mêmes moyens de défense, en l'espèce les armures de métal (on sait qu'elles vont se perpétuer jusqu'au XIXe siècle) qui en bien des cas causeront les grands désastres de ce qu'on appelle « guerre de Cent Ans » ; car, si elles protègent le guerrier contre les blessures, elles le rendent incapable de se défendre, et pratiquement de se mouvoir, lorsqu'il est tombé à terre.

La disproportion ne cessera de s'aggraver, entre moyens d'attaque et moyens de défense. Et notre XXe siècle témoigne éloquemment de cette aggravation sans limites, face à laquelle l'humanité n'entrevoit plus qu'un système de défense : celui qui consiste à se terrer, comme les taupes, à n'espérer de survie qu'à demi asphyxiée.

Où est la guerre féodale à laquelle suffisait le siège d'un château, avec le jeu d'arbitrages et les quarantaines qui ménagent le temps des arrangements à l'amiable ? Dès le règne de Philippe le Bel, la guerre fait appel aux routiers, aux gens qu'on enrôle, des sans-patrie, des mercenaires n'ayant aucune attache avec le sol qu'ils ravagent et qui, pour les populations paysannes, sont plus redoutables encore durant la paix que pendant la guerre, car n'étant plus « soldés » ils se muent en bandes de brigands qui répandent partout la terreur ; contre eux il faudra lever d'autres bandes pour les exterminer en une chaîne d'horreurs sans fin.

Tout cela Joinville ne pouvait le prévoir ; il est l'homme du XIIIe siècle, celui pour qui l'idéal chevaleresque reste une seconde nature : « Valeur de corps et bonté d'âme. » On le sentait d'ailleurs autour de lui et il est curieux de noter qu'un Florentin de passage à Paris entre

15

15. Vie de saint Denis, chasse de Dagobert.

16

16. Bréviaire de Paris. Translation de la Couronne d'Épines.

17

17. Psautier de Saint Louis.

18

18. Psautier de Saint Louis. L'enlèvement des filles de Silo.

19. Couronne reliquaire de Saint Louis.

19

1309 et 1313 — il s'appelait Francesco da Barberino et ses écrits sont bien connus — alla le consulter pour connaître les traditions et usages en matière de courtoisie ; on sentait qu'il représentait un monde en voie de dispararition.

De fait, quelques écrits — dont l'un retentissant — prônaient une sorte d'anti-courtoisie, bien caractéristique des temps nouveaux ; c'était aux alentours de 1280 qu'avait paru l'ouvrage de Jean de Meung, la seconde partie du *Roman de la Rose* qui prétend continuer la première, l'œuvre exquise de Guillaume de Lorris. Il est peu probable que Jean de Joinville l'ait lue ; il n'en aurait pas aimé le thème et moins encore l'allure docte et magistrale, celle du maître en Sorbonne, de l'universitaire chevronné qu'était son auteur. Mais il est fort probable en revanche que, comme chacun, il aura connu la condamnation retentissante par l'évêque de Paris, Étienne Tempier, de divers théologiens parmi lesquels on retrouvait pêle-mêle Siger de Brabant et Thomas d'Aquin. Si Joinville est aujourd'hui l'un des écrivains du XIIIe siècle le plus souvent lu et réédité, si sa simplicité même le rend proche de nous et lui permet de restituer avec bonheur les personnes et les événements dont il fut le témoin, il est hors de doute qu'il n'a rien d'un « intellectuel », qu'il ne s'est guère inquiété des querelles d'écoles qui ont si vivement agité le monde de la pensée en son temps.

Or, c'est une véritable coupure qui se produit alors, la plus profonde peut-être que l'on doive enregistrer en ces temps troublés, celle qui se manifeste dans les hautes sphères où s'affrontent théologiens et philosophes : un fossé qui se creuse et se fera sentir durant les siècles qui suivent, en toutes sortes de domaines.

Il a été déjà question de la lutte interminable entre les maîtres séculiers de l'Université de Paris et les Mendiants, Frères prêcheurs et Frères mineurs, auxquels les premiers voulaient refuser la faculté d'enseigner. Cette tentative de monopole du savoir au profit des universitaires allait faire long feu, encore qu'elle ait été sévèrement jugée. Maître Jean de Meung s'attardait complaisamment sur

... la bonne garde
de l'Université, qui garde
La clé de la chrétienté.

Tandis que, une dizaine d'années plus tard, un légat du pape envoyé à la cour de France pour régler diverses questions d'ordre politique, témoin des controverses entre Mendiants et Séculiers, s'exprimait sans ménagement à l'égard de ceux-ci : « Des sots plus sots que les sots ! » Il se nommait Benoît Caetani et, devenu pape, allait prendre le nom de Boniface VIII. On conçoit que les maîtres parisiens lui en aient gardé rancune.

Mais il y avait plus grave et plus lourd de conséquences pour l'Église. Au XIIIe siècle, l'influence d'Aristote s'introduit en force ; on ne pourrait guère la comparer qu'à celle de Hegel sur les divers mouvements philosophiques de notre temps à nous. Elle est véhiculée en particulier par les philosophes arabes, Averroès entre autres (Ibn Rochd) qui avait vécu à Cordoue au siècle précédent (1126-1198). Une intense activité jaillit des traductions d'Aristote, tant à travers l'arabe que sur le texte grec lui-même, et des commentaires qu'elles suscitent. Les évêques de Paris, eux, tantôt soutiennent, comme l'avait fait Guillaume d'Auvergne, et tantôt condamnent cette effervescence dans un domaine qui paraît mettre en péril le dogme et l'enseignement religieux. Toutes les nuances en fait se rencontrent et s'affrontent, en duels sans concessions, entre un Siger de Brabant, le chanoine de Liège, adepte résolu des thèses d'Aristote sur l'éternité du monde, ou sur le déterminisme, un Godefroy de Fontaines son disciple — et un saint Bonaventure, qui, lui, combat aristotélisme et averroïsme ; et, plus tard, un Henri de Gand en qui se prolonge la pensée augustinienne, ou un Duns Scot. Spectacle assez étonnant en soi que la tempête d'arguments que se renvoyaient à l'occasion des « questions disputées » maîtres et étudiants ; le tout soulevé par l'étude du philosophe grec et de ses adeptes arabes dans cette Université de Paris où les protagonistes venaient les uns de Picardie, les autres du Danemark, comme Boèce de Dacie — un disciple fervent du philosophe antique —, d'autres d'Italie comme Bonaventure, de Saxe comme Albert le Grand. En 1270 ce dernier avait été invité à traiter de quinze questions qui entretenaient la polémique dans les écoles de Paris ; il résumait en fait les principales théories averroïstes sur l'unité de l'intelligence dans l'espèce humaine, la liberté de l'homme, l'éternité du monde — et autres questions, toutes d'un intérêt brûlant par rapport au dogme et à la Révélation chrétienne. Là fut sans doute l'occasion pour l'évêque de Paris, Étienne Tempier, de lancer une première condamnation des thèses de Siger de Brabant.

Beaucoup plus grave, celle qu'il prononce par la suite en 1277, le 7 mars, donc trois ans après la mort de saint Thomas d'Aquin : ce dernier avait été incriminé d'averroïsme ; on sait comment son œuvre réussit à intégrer en une synthèse grandiose les exigences de la logique aristotélicienne et de la théologie chrétienne. L'évêque de Paris, en le confondant avec le maître brabançon, ne faisait pas preuve de grand discernement ; pour faire bonne mesure il condamnait aussi *L'art d'aimer* d'André le Chapelain, sorte de condensé de la lyrique courtoise, et un

Traité de géomancie fort étranger, lui, à l'essentiel du débat.

Reste que saint Thomas d'Aquin avait pu développer dans une liberté sereine l'œuvre tout à la fois de pénétration et de synthèse élaborée sous le règne de Saint Louis, celui-ci très favorable aux Dominicains comme aux Franciscains et qui avait reçu à sa table le maître génial auquel les universitaires parisiens avaient prétendu quelque temps interdire d'enseigner. On peut se demander aujourd'hui s'il n'est pas vrai que, suivant la formule fougueuse que nous empruntons à Jean-Marie Meyer, spécialiste de saint Thomas, « intellectuellement le Moyen Age est mort en 1277 ».

La condamnation qui mettait brutalement fin aux controverses atteignait en effet tout effort de recherche philosophique à l'intérieur de la pensée proprement religieuse. Saint Thomas avait pu intégrer un système de pensée tout à fait étranger à la théologie et en faire de la théologie. Dorénavant les théologiens de la Sorbonne allaient menacer de leurs foudres toute recherche du même genre. On verra par la suite le fossé se creuser entre pensée philosophique et théologie. L'âge des synthèses est terminé dans ce monde de la pensée d'où l'on exclut la vision proprement religieuse. Les maîtres en Sorbonne — ce collège qui doit son nom à Robert de Sorbon, l'ami de Louis IX, et qui fut édifié dans la rue Coupe-Gueule sur un terrain donné par le roi — agiteront de plus en plus facilement menaces d'excommunication et condamnations en tous genres, lorsque se fera jour une idée originale, donc non conforme à leur système de pensée.

Avec le recul du temps, les diverses conséquences apparaissent et reprennent une curieuse actualité en notre XXe siècle, tandis que, de plus en plus, les années

1270-1280 semblent marquer un tournant décisif. Le philosophe américain Gordon Leff y voit un moment essentiel de ce qu'il appelle « la dissolution de l'*outlook* — de la silhouette, ou, peut-on dire, de l'atmosphère médiévale. Un changement fondamental s'annonce dans la mentalité ». « Vive Monseigneur Tempier ! » s'écrie de son côté un Georges Mathieu à propos de la condamnation d'un aristotélisme qu'on peut dire « totalitaire », en la personne de Siger de Brabant ; c'est qu'en effet le temps s'annonce où toute pensée devra être discursive, toute logique strictement rationnelle, où triomphera le syllogisme, où l'image sera remplacée par la description, et le symbole par la définition. Progrès dans le raisonnement et le discours abstrait, mais appauvrissement certain dans l'univers familier de l'homme qui va peu à peu se dessécher. Dès cette fin du XIIIe siècle on pouvait prévoir les raideurs de l'Age classique, ses normes impératives, ses canons artistiques, et la règle des trois unités au théâtre, tandis qu'entre-temps un François Villon pourra faire des exercices de style avec le galimatias de la logique formelle en usage à la Sorbonne. Et le terme « scolastique » désignant ce vocabulaire prendra un sens aussi méprisant que celui de « gothique » dans les écrits des architectes de la Renaissance.

Après Duns Scot, remarque Gordon Leff, et plus encore après Guillaume d'Ockham il n'y eut plus — à l'exception, si l'on veut, de Nicolas de Cuse au XVe siècle — de directive pour ordonner l'ensemble de la réalité en ces systèmes complets si caractéristiques des penseurs du XIIIe siècle comme Albert le Grand, Bonaventure, Thomas d'Aquin, Henri de Gand et beaucoup d'autres [1].

Quelques jeunes philosophes en notre temps se sont

1. Gordon Leff, *The Dissolution of Medieval Outlook*, p. 9.

penchés sur le problème, et sur ses principaux représentants, Guillaume d'Ockham entre autres ; nous pensons en particulier aux analyses d'André de Muralt, tandis qu'avant lui des historiens comme Georges de Lagarde ont approfondi cet « esprit laïque » que manifestent un Marsile de Padoue et ses partisans. Il suffit de marquer, coïncidant avec la mort du roi, cette césure, si lourde de conséquences pour l'avenir de la pensée occidentale.

Thomas d'Aquin allait être réhabilité en 1323 par le pape Jean XXII, et canonisé la même année. Par la suite, aux XIXe et XXe siècles, tandis qu'une suite de travaux remarquables allaient s'attacher à son œuvre, rééditée et commentée à nouveau, la tendance a été, au contraire, d'attribuer à cette œuvre un caractère définitif, en contraste avec la personnalité de l'auteur — en contraste aussi avec l'ouverture, le sens de la recherche et la puissance de synthèse dont elle témoigne. Tandis que, de plus en plus, on s'acheminait vers une présentation classique et raisonnée de la doctrine révélée que ne soutenait plus la profonde connaissance de l'Écriture sainte elle-même, si familière à saint Thomas et à son temps. On se contentait de dissertations là où les contemporains de Saint Louis chantaient par cœur les psaumes.

Et c'est l'occasion de noter aussi les changements survenus dès le milieu du XIIIe siècle dans la vie proprement religieuse et liturgique. A une époque imprécise, et d'ailleurs variable suivant les régions, la communion n'est plus distribuée aux fidèles sous les deux espèces du pain et du vin ; l'hostie seule leur est donnée, la coupe ne circulant plus qu'entre les membres du clergé. Ce n'est pas leur seule façon de se différencier de la foule. Dès la fin du même siècle commencent à s'élever les clôtures de chœur — revêtues, par une sorte de compensation, de magnifiques sculptures qui souvent ont conservé leurs couleurs jusqu'à notre temps, puisqu'elles n'étaient pas, comme celles des tympans et des portails, exposées aux intempéries ; celles de la cathédrale d'Albi subsistent en entier ; elles affichent pour nous cette tendance du clergé à former caste. Et de même les superbes stalles du XIVe et du XVe siècle, celles d'Auch, celles d'Amiens, qui témoignent à la fois de la richesse, du goût du confort et de l'art merveilleux de la sculpture sur bois. On a détruit beaucoup de « jubés », au XVIIIe siècle surtout ; ceux qui subsistent, à Saint-Étienne-du-Mont à Paris, à la Madeleine de Troyes, font regretter les autres, mais la tendance qui avait amené à les construire est en complète opposition, tant avec la mentalité de l'époque féodale qu'avec la nôtre.

Ce n'est qu'avec le concile de Constance de 1415 que les fidèles cessent de participer à l'Eucharistie sous les deux espèces — disposition qui de nos jours, on le sait, a été annulée. Par une sorte de revanche se généralise, au XIIIe siècle, le rite de l'élévation de l'hostie, puis du calice, à la messe, après la consécration. On a pu écrire des traités entiers sur ce « désir de voir l'hostie », né probablement chez les Cisterciens dans les débuts du XIIIe siècle ; la coutume gagne la chrétienté, et l'adoration du Saint-Sacrement va se répandre. C'est d'ailleurs une simple béguine — une de ces Filles-Dieu auxquelles Saint Louis a plus d'une fois manifesté sa bienveillance, et dont il s'est souvenu en rédigeant son testament — qui exerça sur ce point une influence décisive sur la liturgie.

En 1246, Julienne du Mont-Cornillon obtenait de l'évêque de Liège Robert de Thourotte qu'il instituât en son diocèse, comme le lui demandaient les révélations qu'elle avait reçues, la fête du Saint-Sacrement, la Fête-Dieu, destinée à devenir si populaire à travers toute la chrétienté. Le général des Dominicains, Hugues de Saint-

Cher, l'approuvait six ans plus tard, et, le 11 août 1264, le pape Urbain IV l'étendait à l'Église entière. Le soin de composer l'Office de la fête était remis à Thomas d'Aquin, qui reprit et compléta l'œuvre esquissée par le moine Jean du Mont-Cornillon ; il devait, à cette occasion, déployer ses dons poétiques, avec, par exemple, le bel hymne *Adoro Te.* Nous avons ailleurs [1] relaté ce que fut l'influence de cette fête, marquée par des processions solennelles, jusque dans la vie des métiers.

Pour en revenir à Joinville, il aura ainsi vécu, pendant la vie de Saint Louis et plus encore après sa mort, toutes sortes de mutations, jusque dans l'ordre de la pensée, et de la piété. Fidèle à son programme d'historien il s'en tient à ce qu'il a « vu et ouï » ; sans doute ne se souciait-il pas, d'ailleurs, d'en dire davantage et de confier ses réactions sur la suite de ce règne et la suite des temps en général ; mais d'après ses vigoureuses mises en garde, on peut penser qu'il aura vécu douloureusement la dernière année du règne de Philippe le Bel, mort à quarante-quatre ans après avoir fait brûler sur l'île de la Cité le maître du Temple Jacques de Molay et son compagnon Geoffroy de Charnay : ils ont payé de leur vie l'éloquente défense de l'Ordre et n'ont demandé qu'une faveur, mourir le visage tourné vers Notre-Dame « qui fut commencement de leur religion et en sera la fin, s'il plaît à Dieu » — ainsi que le disait le Livre d'usages de leur maison. Il aura vu le roi se faire l'accusateur de sa propre famille, l'instrument de la féroce jalousie de sa fille Isabelle contre ses trois belles-sœurs ; puis sa mort inopinée, encore en pleine jeunesse. Et Joinville aura vécu aussi assez long-

1. *Les Saints au Moyen Age,* Plon, 1984, pp. 174-175.

temps pour voir s'abattre sur le royaume la première de ces catastrophes naturelles dont le XIVe siècle est fertile : de l'automne 1315 à l'été 1317, des pluies incessantes vont transformer l'Europe en marécages, empêcher moissons et labours, provoquer la première famine générale en Occident. Vaste bouleversement climatique avec la descente des glaciers du Nord entraînant jusque dans nos régions d'effrayantes répercussions. C'est alors que le Groenland — la terre verte, *Grünland* — devient inhabitable et que disparaissent les populations qui y vivaient ; c'est alors que l'Islande se dépouille brutalement de ses arbres et de sa végétation ; jusqu'à la fin du XIIIe siècle, on avait pu y pratiquer la sculpture sur bois et les musées de Reykjavik en contiennent toujours d'émouvants témoins ; ses habitants en seront réduits dorénavant à vivre une partie de l'année dans des demeures souterraines et, pour résister, à se grouper par communautés de familles autour d'un seul et maigre feu.

Les conséquences en seront sensibles sur une race jusqu'alors vigoureuse. Il semble que l'homme se soit amenuisé en ce XIVe siècle à l'image de la sculpture raffinée à laquelle on se plaît désormais, celle qui peuple les églises de Troyes, l'art champenois ou bourguignon de l'époque. L'erreur est courante, qui confond en ce domaine « l'homme du Moyen Age », celui des XIVe-XVe siècles, avec celui des siècles précédents ; et l'autre erreur statistique qui consiste à tenir compte de la mortalité infantile dans les moyennes d'âge, y contribue aussi ; on le sait, seuls les progrès médicaux du XXe siècle ont pu enrayer la mortalité dans la petite enfance ; mais l'espérance de vie, jusqu'à l'affaiblissement que l'on constate au XIVe siècle, semble bien avoir été celle qui, de temps immémorial, est évoquée dans la Bible : soixante-dix ans, et, si l'homme est exceptionnellement robuste, quatre-vingts ans, « et au-delà, douleurs et souffrances » (Psaume 89).

Au XIVe siècle, l'épidémie de peste noire va multiplier les ravages. Après 1348, on ne reconnaîtra littéralement plus le royaume de France. Famine, peste ainsi que la guerre amorcée par la politique de Philippe le Bel en Guyenne et en Flandre vont amener un état de catastrophes endémiques au milieu desquelles « l'heureux temps de Saint Louis » fera l'effet d'un âge d'or. De fait, entre l'homme de 1250 et celui de 1350, la distance est incroyable. Ce dernier a subi les conséquences de la famine de 1315-1316, première atteinte à la robustesse d'une race vigoureuse, comptant de nombreux centenaires, des vieillards allègres comme Joinville lui-même, dont on sait qu'il rédigea ses *Mémoires* sur le roi qui avait été son compagnon et son ami à quatre-vingt-trois ans, et qu'il vécut encore quatorze ou quinze ans. Et le nom d'autres personnages qui moururent centenaires reviennent aussitôt à la mémoire ; ainsi saint Raymond de Peñafort qui vécut de 1175 à 1275 ou saint Gilbert de Sempringham dont on connaît les dates de façon exacte et qui vécut jusqu'à cent huit ans. L'homme de 1350 a vu par ailleurs l'Europe littéralement décimée par l'effroyable épidémie de peste noire qui se déchaîne dès 1347 à Gênes et dans d'autres ports italiens, et l'année suivante ravage tout l'Occident. Elle fait disparaître des villages entiers, vide entièrement certains monastères et ses retours offensifs se multiplient jusque vers le milieu du XVe siècle. L'Europe ne retrouvera quelque équilibre que dans la deuxième moitié de ce même XVe siècle, une fois surmontés ces terrifiantes mutations et les troubles innombrables qu'elles ont engendrés.

Mais entre-temps un monde sera mort, que symbolise la mort du roi Saint Louis.

Chapitre X

UNE SECONDE NAISSANCE

Tu seras une couronne brillante entre les doigts du Seigneur
Un diadème royal dans la main de ton Dieu.

Isaïe, 62, 3

Le funèbre cortège avait enfin atteint Paris, et le palais royal qui avait été durant sa vie la résidence la plus fréquente du roi Louis IX — celle dont il était le plus souvent reparti dans cette perpétuelle itinérance qu'était la vie d'un roi féodal. Ici s'achevait son dernier voyage, tout au moins jusqu'au moment des funérailles.

C'est le 21 mai 1271, veille de la Pentecôte, que celles-ci eurent lieu à Saint-Denis après une messe et une veillée solennelles à Notre-Dame de Paris. On imagine dans la cathédrale, le monument le plus rempli d'histoire de toute la France, le déroulement de la cérémonie, les cierges brûlant par centaines, les piétinements assourdis de la foule, la gravité recueillie des rythmes grégoriens. Pour le jeune roi Philippe III, pour sa mère la reine Marguerite de Provence, c'était la fin d'un calvaire : cheminement ou attente.

Il y eut ensuite un long cortège qui s'étira de Notre-Dame jusqu'à la basilique de Saint-Denis. Le roi Philippe, au sortir de la cathédrale, puis à l'arrivée, prit lui-même le cercueil sur ses épaules, avec l'aide de quelques nobles de l'entourage royal, pour l'emporter à pied jusqu'au lieu de l'ensevelissement : interminable procession hérissée de croix et de crosses où se succédaient les prélats, évêques et archevêques, abbés de monastère et clercs de tous ordres, portant, tels les « pleurants » le long des tombeaux, la coule rabattue sur le visage ; à leur suite les Mendiants que le roi avait tant aimés, Frères prêcheurs et Frères mineurs, les Carmes et les « Sachets » ou Frères du sac à qui même la bure des Mendiants paraissait encore trop riche ; la reine, privée ainsi brusquement de son époux, de l'un de ses fils, de sa belle-fille, était probablement portée en litière, accompagnée de ses filles. Mais surtout, après le cortège des grands de la cour et familiers du roi, venait le petit peuple, la multitude, qui désertait en foule la cité parisienne pour un dernier hommage au bon roi.

Un incident bien typique du temps se produisit à l'entrée de Saint-Denis : les portes de la basilique étaient fermées ; les religieux de l'abbaye, venus un cierge en main à la rencontre du cortège funèbre, leur abbé en tête, refusaient de les ouvrir tant que l'archevêque de Sens et l'évêque de Paris n'auraient pas dépouillé leur vêtement de chœur ; cela pour bien signifier qu'ils n'avaient l'un et l'autre aucun droit de juridiction sur les moines. « Le roi attendait devant la porte, son père sur les épaules, et les barons et les prélats, qui en l'église entrer ne pouvaient », raconte Guillaume de Nangis le chroniqueur. Évêques et archevêques durent s'exécuter et déposer leurs ornements avant que fût chanté un dernier office. Les ossements de Saint Louis furent placés dans une tombe provisoire en attendant la plaque de cuivre émaillé que l'on projetait. On enterra de même les ossements de Pierre le Chambellan aux pieds du roi, « en la manière qu'il gisait à ses pieds quand il était en vie ». On enterra aussi, à Saint-

Denis, Jean-Tristan, le fils du roi mort avant lui à Tunis ; ce qui contrevenait d'ailleurs au désir de Louis IX qui avait souhaité réserver Saint-Denis à la sépulture des rois de France ; son fils aurait dû, selon ses désirs, être inhumé à Royaumont.

Quelque temps après, aux environs de la fête de la Saint-Jean, le 24 juin, une malheureuse créature toute courbée, non de vieillesse car elle n'avait aux dires des témoins que trente à quarante ans, venait prier tout à côté de la tombe royale ; elle s'appelait Amelot (diminutif d'Amélie) ; sa tête, en raison de sa difformité, était à peine à hauteur de ses jambes, et pour marcher elle s'appuyait sur un petit bâton de cinquante à soixante centimètres. « Monseigneur Saint Louis, priez Dieu qu'il me rende mes membres sains », l'entendait-on murmurer ; et beaucoup l'entendaient car il y avait foule autour de ce tombeau. Au point que le prieur de Saint-Denis, Guillaume d'Étampes, avait dû déléguer l'un de ses familiers pour veiller à maintenir l'ordre dans la basilique littéralement envahie de pèlerins, et surtout de malades, d'infirmes, venus implorer leur guérison par l'intercession de celui dont personne ne doutait en France et dans la chrétienté qu'il ne fût saint. La *vox populi* s'exprimait avec une spontanéité sans égale — cet afflux populaire qui reconnaît le saint et a amené de tout temps les autorités ecclésiastiques à le déclarer tel. En ce qui concerne le roi Louis IX de France, cette voix du peuple s'est exprimée sans réserve, et cela dès le moment où ses ossements étaient transportés à travers l'Italie, la Bourgogne, et l'Ile-de-France, au point que Saint Louis, à peine ses ossements déposés à Saint-Denis, avait déjà ses premiers miraculés.

En effet un malheureux garçon sourd-muet du pays de

Franche-Comté, au passage du cortège que conduisait le roi Philippe, s'était mêlé vaille que vaille à la foule ; il avait été dans son village recueilli par un forgeron du pays, qui par gestes lui montrait ce qu'il devait faire pour l'aider à la forge, allumer le feu, activer le soufflet, frapper du marteau ; et voilà que, pour on ne sait quel motif, la femme du forgeron s'était fâchée contre le sourd-muet qui avait fait une escapade, et bientôt, un jour après l'autre, était « monté » jusqu'à Paris au milieu des gens du roi, puis finalement jusqu'à Saint-Denis ; personne ne l'avait instruit de la religion, mais dans les églises il faisait ce qu'il voyait faire, se signait, s'agenouillait, joignait les mains. Voilà donc ce garçon sourd-muet à Saint-Denis ; voyant tous les jours des gens venir s'agenouiller devant le tombeau et prier longuement, il faisait comme eux ; le préposé l'emmenait avec les autres à l'aumônerie, aux heures du repas, pour lui donner à manger ; c'était un Anglais, Thomas de Hauxton, du diocèse d'Ely, entré à l'abbaye de Saint-Denis à l'âge de quatorze ans, et qui fut l'un des témoins interrogés longuement par la suite, lors de l'enquête de canonisation de Saint Louis.

Donc ce sourd-muet se tint pendant trois jours près du tombeau, quand tout à coup ses oreilles se mirent à fonctionner ; comme le bruit d'une marée qui monte elles s'emplirent du piétinement des gens, du tintement des cloches, des portes au loin qui battaient, de tous les bruits d'une foule qui déambule. Affolé, le jeune garçon ne tarda pas à comprendre ce qui lui arrivait ; quelques jours après il reprend le chemin de son village, revient trouver le forgeron qui l'avait recueilli et qui s'émerveille de voir que son apprenti entend, qu'il commence même à parler ; il l'envoie chez la Dame, la suzeraine du pays ; chacun autour de lui s'émerveille ; finalement le sourd-muet est placé chez le bailli d'Auxerre qui s'emploie à lui donner les rudiments d'instruction qu'il n'a pas eus, en commençant par *Pater Noster* et *Ave Maria*; il devait par la suite retourner à Saint-Denis, où quelques moines, ceux qui l'avaient connu, le reconnaissent; on le baptise et, bien sûr, au baptême il reçoit le nom de Louis, ce nom que tant de gens invoquent désormais sur la tombe du roi.

Entre-temps, il y avait eu la guérison d'Amelot. Thomas de Hauxton qui veillait sur elle l'avait vue pendant six ou sept jours toute courbée sur ses genoux, s'appuyant pour se maintenir tant à son petit bâton que contre le tombeau du saint. Le sixième ou septième jour, il vit l'infirme qui était l'objet d'une curieuse métamorphose; on entendait ses os s'entrechoquer « comme si on les cassait et broyait », et cette femme de s'écrier alors à haute voix : « Monseigneur Saint Louis », puis, rejetant le bâton qu'elle avait à la main, elle se redressa sans autre aide et se tint toute droite sur ses pieds. C'était l'heure du déjeuner au monastère; tout joyeux, Thomas courut vers le prieur qui était en train de se laver les mains et lui raconta ce qui venait de se passer; alors prieur et chapelain vinrent à la basilique et Guillaume d'Étampes demanda à Amelot de marcher devant lui; elle, sans autre soutien, se mit sans plus attendre en devoir d'aller du tombeau jusqu'à l'autel principal — une distance de trois toises et davantage, précise Thomas dans sa déposition; puis elle revient au tombeau et là s'assied, pleurant et rendant grâce au seigneur Louis. Par la suite, Thomas de Hauxton devait la revoir plusieurs fois, car Amelot habitait le bourg Saint-Denis. Elle allait, pas tout à fait aussi droite que les autres femmes en général, mais sans s'aider d'un bâton, ni de quelque soutien, la tête levée normalement, sans difficultés particulières.

Thomas de Hauxton allait en voir bien d'autres pendant les quelque treize années qu'il fut au service des infirmes à Saint-Denis... Chaque jour sans en manquer un seul, précise-t-il. Car c'est par sa déposition au procès de canonisation de Saint Louis que nous connaissons ces détails. Les formes des interrogatoires sont alors fixées ; ce sont celles qu'on retrouvera deux cents ans plus tard pour le procès de réhabilitation de Jeanne d'Arc par exemple : une série de questions établies à propos de chaque cas et que l'on pose, identiques, aux divers témoins. Il s'agit de s'assurer de la vérité du fait et aussi de la véracité du témoin, de ses moyens de connaissance : a-t-il vu par lui-même le miracle qu'il raconte ? Quand ? Où ? Comment était-il placé ? Et aussi de ses intentions conscientes ou non : c'est ainsi qu'on lui demande s'il est de condition libre ou servile ; un serf peut avoir l'idée de plaire au seigneur, de se faire affranchir, etc. De même lui demande-t-on s'il est excommunié. Quels sont ses moyens d'existence et aussi quel est, sur le fait dont il témoigne, son opinion personnelle ; dans le cas présent, croit-il qu'il s'agisse d'une intervention de Louis, roi de France ? A-t-il entendu la malade l'invoquer ? Est-il porté à le croire lui-même ? Est-ce de notoriété publique ? Pense-t-il que le sire Louis est un saint ? Questions d'importance que l'on pose à tous les témoins et auxquelles tous répondent affirmativement.

Sur le cas d'Amelot d'ailleurs, d'autres témoins se présentent ; ainsi Jean Augier qu'on appelle du Saugier et qui est un bourgeois de Saint-Denis. Il connaissait depuis trois ans Amelot et il ajoute sur elle quelques détails : elle avait trente-cinq ans mais paraissait plus âgée en raison de son infirmité ; lui aussi était présent au moment du miracle. Il l'a vue se redresser peu à peu, mettant sa main sur la table de bois, ou les pieds de table qui étaient au-dessus du tombeau, et ensuite se redresser. Il y avait beaucoup de gens tout autour, qui étaient là à l'aider. Il a entendu aussi les ossements d'Amelot s'entrechoquer et il lui a semblé qu'à ce moment-là elle transpirait beaucoup et que son visage semblait tout empreint d'une grande angoisse ; et puis, le même jour, il l'a vue aller et venir d'elle-même, baiser le tombeau et la table au-dessus, se redresser sans aucune aide. Ce miracle, il le confirme, a été l'un des premiers qui se soient accomplis sur le tombeau ; et il y en avait parmi les assistants qui étaient furieux contre les moines parce qu'ils ne sonnaient pas les cloches. Il ajoute que par la suite il a vu Amelot venir plusieurs fois au tombeau, à peu près chaque jour, s'agenouiller en grande dévotion et prier ; lorsqu'on lui pose la question il s'empresse d'affirmer qu'il est de notoriété publique à Saint-Denis qu'Amelot a été ainsi guérie par les mérites du Seigneur Louis ; et cela se dit partout dans la ville, et chacun le tient pour certain.

Le témoin suivant, Robert de Cantarage, du diocèse d'Évreux, qui est forgeron ou en tout cas *faber,* ouvrier du fer, ajoute d'autres détails : Amelot est originaire de Chambly-le-Haubergier ; avant sa guérison elle mendiait ; elle était accueillie dans la maison d'Azon Fabre, de Saint-Denis, qui était son voisin à lui. Il n'y avait qu'une seule maison entre les deux. On lui pose la question de savoir si Amelot ne contrefaisait pas l'infirme ? « Ce serait absurde et inhumain d'aller le croire, elle qui ne marchait qu'avec tant de difficultés ! Aucune personne saine ne pourrait longtemps y tenir ! » Quand le bruit s'est répandu qu'elle était guérie, lui-même a couru jusqu'aux grilles qui ont été mises près du tombeau pour pouvoir régler la circulation et empêcher les infirmes d'être piétinés. Par ces grilles il a vu Amelot ; c'était à peu près entre neuf heures et midi ; quand Amelot est rentrée chez elle il l'a accompagnée jusqu'à sa demeure, et Amelot s'avançait saine, droite, sur ses pieds, sans bâton, sans que personne l'aide à ses côtés. Par la suite, pendant un an encore, il a habité au même endroit ; il l'a vue plusieurs fois aller et venir, porter une cruche pleine d'eau sur ses épaules ; ou sur sa tête, du linge à laver ; elle faisait tout comme les autres femmes ; pourtant elle avait les épaules un peu inclinées, et non droites, comme les autres. Enfin il sait que, depuis, Amelot est morte et qu'elle a été enterrée dans la paroisse Saint-Marcel.

Il y a encore le cellérier de Saint-Denis, un prêtre âgé de quarante ans ou environ ; il donne à peu près les mêmes détails ; il connaissait aussi le nommé Azon et son épouse qui hébergeaient Amelot chez eux. Pour ce qui est du renom de sainteté du roi Louis, il ajoute un détail qui n'est pas sans intérêt : « J'ai vu des Sarrasins et des étrangers qui venaient parfois, envoyés auprès du seigneur roi qui est à présent, montrer grande révérence au sépulcre de Louis. » Il a même vu des Sarrasins baiser les pieds de sa statue. Un autre encore, Albert de La Ferté-Milon, qui est clerc et qui a connu Amelot au temps où elle avait été accueillie par une autre femme nommée Mélissende, toujours au bourg Saint-Denis ; celui-là n'a pas vu le miracle se produire ; il était alors très occupé et ne s'était pas rendu à la basilique, mais il l'a vue le lendemain et a constaté lui aussi qu'elle se tenait droite et qu'elle était guérie. De même Azon le forgeron, natif de Noyon-sur-Andelle au diocèse de Rouen mais qui a habité Saint-Denis pendant une cinquantaine d'années (il en a soixante alors) — celui même qui hébergeait Amelot —, déclare qu'elle avait vraiment l'apparence d'un monstre, et quand ils la voyaient venir, les petits enfants s'enfuyaient. C'est lui-même qui a conseillé à Amelot d'aller trouver un prêtre, de confesser ses péchés et que probablement Dieu et Saint Louis l'aideraient ; et Amelot a suivi son conseil ; et le jour où elle a été guérie sa femme est venue le trouver pour lui raconter en toute hâte le miracle. De même Pierre d'Auteuil, prêtre et moine de Saint-Denis, qui confirme ce qu'ont dit les précédents.

L'ensemble de ces miracles accomplis sur le tombeau de Saint Louis a été retracé et raconté par celui qui fut le confesseur de la reine Marguerite, Guillaume de Saint-Pathus ; mais son récit, bien que direct et écrit dans un style simple et dépouillé, ne rivalise pas avec les dépositions recueillies auprès des témoins eux-mêmes ; il ne nous en reste malheureusement que d'assez courts fragments. Ils suffisent cependant pour permettre d'évoquer très vivement ce qui s'est passé à Saint-Denis après que les ossements du roi y eurent été ensevelis, et nous replacer dans l'atmosphère : la basilique pleine de monde, infirmes et malades qui s'y installent presque à demeure plusieurs jours de suite, les moines qui les nourrissent et les renvoient le soir après complies — toute une foule quelque peu obsédante et qui attend le miracle de « Monseigneur Saint Louis ».

C'est là aussi l'impression qui se dégage d'un autre interrogatoire, celui auquel a donné lieu la guérison de la petite Mabillete : une fillette de quatre ans et demi ou environ, dont les parents sont interrogés. Son père s'appelle Herbert de Fontanet près Gonesse. Il exerce à Paris, dans la paroisse Saint-Paul, le métier de teinturier, sa mère se nomme Yfamie, de Lagny ; l'un et l'autre témoignent chacun à son tour et racontent la guérison de leur petite fille sur le tombeau du seigneur Louis. C'est sur le conseil d'un autre teinturier, un Anglais, nommé Richard Vandien, natif d'Ely en Angleterre et fixé à Paris en la paroisse Saint-Paul, que Herbert et son épouse se sont rendus à Saint-Denis. Lui portant Mabillete et elle leur autre enfant, un fils plus jeune, mais en bonne santé.

La fillette, elle, a les jambes molles, il semble que lui manquent les rotules du genou ; elle n'a jamais pu se tenir debout et se traîne sur les mains et les jambes dont elle ne peut se servir, leurs jointures étant comme « disloquées » — terme dont se sert son père. Elle tombe dès qu'on essaie de la tenir debout. Donc, un jour, Richard, l'Anglais son voisin, qui revient de la foire du Lendit à Saint-Denis, lui fait : « Pourquoi, Herbert, ne portes-tu pas ta fille Mabillete au tombeau du Seigneur Louis ; on dit qu'il s'y fait quantité de miracles. » Herbert répond : « Je ne sais pas », puis, en y réfléchissant, il se dit qu'il faut tout tenter pour la santé de sa fille, il fait même un vœu : si dans les neuf jours (la neuvaine de prière est familière à l'époque), sa fille se tient debout, il promet que pendant sept ans il ne boira pas de vin le vendredi ; son vœu fait, ils partent tous les quatre dès le lendemain qui était un dimanche ; ils arrivent au bourg de Saint-Denis, prennent pension dans la maison d'un bourgeois, Adam de Fontanet, emmènent Mabillete au tombeau dans la basilique où elle va rester avec sa mère, tandis que lui-même, Herbert, revient à Paris où il a du travail. C'était au temps où le tombeau proprement dit — le beau cénotaphe orné d'argent et d'or édifié sur l'ordre de Philippe III — n'avait pas encore été installé. Yfamie reste avec sa fille ; elle va passer le plus clair de son temps dans la basilique avec elle, pendant six ou sept jours. Un jour elle a laissé Mabillete près du tombeau pour aller chez Adam de Fontanet s'occuper du plus petit et le mettre au lit. Elle a donc demandé à ceux qui étaient là devant le tombeau et qui surveillent les infirmes rassemblés, de mettre sa fille un peu plus loin quand la grand-messe serait dite, car on a alors l'habitude d'éloigner tout le monde du tombeau et à la fin de la messe de donner une aumône à tous les pauvres qui sont là. Yfamie ne veut pas d'aumône ; il lui semble que, puisqu'elle vit de son travail, cela « plaît davantage à Dieu » ; donc elle s'est éloignée et quelle n'est pas sa surprise, lorsqu'elle revient, de trouver sa fille debout sur ses pieds devant l'autel de Notre-Dame où on l'avait installée, appuyée aux piliers, et les gens tout autour qui se disent entre eux : Cette petite fille est guérie ! et qui ajoutent des mots malsonnants à l'adresse des parents qui l'ont laissée ici seule, sans la garder. C'est avec grande joie qu'elle a vu ainsi sa fille droite, se tenant sur ses pieds, et aussitôt l'a tirée vers elle et vers le tombeau ; elle la fait aller et venir quelques pas, et elle s'est rendu compte qu'elle pouvait le faire sans aucune aide, quitte à déclarer : « Je veux m'asseoir à présent, Dame, car je suis fatiguée. » Yfamie s'est empressée de remettre un cierge dans la main de sa fille qui est allée le porter au tombeau ; elles sont restées là encore jusqu'à ce que la neuvaine soit terminée ; puis, comme entre-temps son époux Herbert était revenu, tous ensemble ont repris le chemin de Paris avec leur fille, désormais saine et sauve de toutes infirmités.

D'autres confirment le miracle ; entre autres, Richard, cet Anglais, ami d'Herbert, qui lui a conseillé au retour de la foire du Lendit de porter sa fille à Saint-Denis. Herbert avait rétorqué qu'il l'avait déjà amenée en maints lieux saints sans succès, mais il l'a convaincu de faire encore un effort : « Les saints souhaitent que les hommes viennent les prier. » Lorsqu'on demande à Richard s'il croit que le Seigneur Louis est saint, il répond oui sans hésitation. Pourquoi donc ? Mais « parce qu'il a été un homme très bien pendant sa vie, et qu'il a fait beaucoup d'œuvres bonnes, et aussi à cause de ce miracle et de quantités d'autres dont il a entendu parler et dont il pense que c'est Louis et par son intercession qu'il les a obtenus ; d'ailleurs c'est ce qu'on entend dire partout à

Paris, quand les gens en parlent, que c'était un saint ». Il y a encore Adam de Fontanet chez qui logeait Herbert et son épouse, et qui a bien vu cette petite fille que ses jambes ne pouvaient porter quand on l'a amenée : c'était au point qu'elle pouvait elle-même mettre ses jambes sur les épaules tant elles étaient molles et dépourvues d'os et de jointures. Et il l'a vue ensuite guérie ; il est lui aussi teinturier et exerce lui aussi son métier chez Adam de Colombes, un autre bourgeois de Saint-Denis, chez qui il demeure tout le jour, quand il prend ses repas ; mais il a bien vu la fillette aller et venir dans sa maison, cette fois bien droite, saine, se tenant sur ses jambes sans difficultés.

Il y a enfin la voisine, Agnès de la Chapelle près de Gerberie, au diocèse de Beauvais, la femme de Jean le Meunier, qui a connu les parents de Mabillete, avant même qu'ils ne soient mariés et qui a été à leurs noces, il y a de cela seize ans (elle dépose en 1282, c'est donc en 1266 qu'ils se sont mariés). Elle-même a été marraine de Mabillete, elle a même vu celle-ci guérie à Saint-Denis, où elle s'était rendue en pèlerinage un dimanche avant la grand-messe ; elle a vu Mabillete et celle-ci l'a reconnue et s'est mise à pleurer, car sa mère l'avait laissée pour aller s'occuper du plus petit. Elle alors, qui n'était pas loin de Mabillete, lui a tendu un petit gâteau qu'elle avait en main et qu'elle lui destinait, et l'a rappelée en lui disant : « Ma filleule, viens vers moi et je te donnerai du gâteau. » Or Mabillete, qui était assise par terre, s'est relevée en s'aidant de ses mains, avec quelques difficultés à ce qu'il semblait, puis elle est venue la trouver bien droite sur ses pieds et a fait quelque quatre pas ; pour voir si elle pourrait marcher davantage, elle est allée un peu en arrière, disant : « Viens, ma fille, je te donnerai un denier » ; elle montrait une petite pièce à Mabillete ;

celle-ci est venue et elle a fait sept à huit pas sans que personne l'aide. Alors lorsqu'elle a vu sa mère revenir, Agnès s'est écriée : « Ma commère, Mabillete marche », et elle de lui dire : « Jamais je ne l'avais vue marcher. » Par la suite Agnès, sa marraine, l'a vue combien de fois se tenant sur ses pieds sans que personne l'aide, allant et venant dans le quartier et vers sa maison, car elle allait souvent la voir puisqu'elle était sa marraine ; elle ajoute que plus tard, trois ans après, la petite Mabillete est morte ; elle-même l'a cousue dans son linceul et a assisté à sa sépulture au cimetière Saint-Gervais de Paris.

Une autre marraine de Mabillete, dont le nom a été certainement un peu mal compris par le greffier — il l'appelle Olive de Ploumgmel, nom breton ; elle est de Saint-Pol en Bretagne, femme de Radouin Tartarin, et était présente elle aussi pour tenir la fillette sur les fonts baptismaux ; elle raconte à son tour le miracle de sa guérison à Saint-Denis, sur la tombe du roi.

Et l'on pourrait encore évoquer quelques autres miracles : ceux pour lesquels on possède l'original de l'enquête, demeuré aux Archives vaticanes, sous forme de rouleau de parchemin, ont malheureusement souffert de l'humidité et l'écriture a été parfois partiellement rendue illisible. On y relève les interrogatoires des témoins, notamment ceux de l'enquête de 1282 ; ainsi cette Lucie, femme d'Adam de Laudun, qui était devenue aveugle au cours de sa grossesse, en attendant une fille qu'elle a appelée Burgote ; sa vue n'avait cessé de décroître et finalement elle ne voyait plus rien du tout. Elle était restée ainsi pendant huit ans. Une voisine, qui la connaissait bien, s'est rappelé qu'on s'exclamait : « Quel dommage, Lucie, une si belle femme, qui est devenue aveugle ! » Un jour, ayant appris qu'il se faisait beaucoup de miracles au tombeau du roi Louis, Lucie a promis qu'elle irait et demeurerait neuf jours au tombeau, jeûnant au pain et à l'eau. Avant son départ elle s'est confessée à un prêtre nommé Richard dans la paroisse de Saint-Michel, à Saint-Denis, et s'est rendue avec sa fille sur le tombeau ; elle a même parcouru sur les genoux la distance depuis les portes jusqu'à l'autel ; c'était aux alentours de la fête de la Toussaint. Il y a de cela six ans, déclare-t-elle, — ce qui ramène le miracle à l'année 1276. Au bout de trois jours où elle s'était tenue près du tombeau chaque jour, comme sa fille qui l'accompagnait tardait à venir la chercher, voilà qu'elle a repris seule le chemin, car il lui semblait qu'elle voyait un peu. Elle est revenue jusqu'à la maison ; une amie nommée Alice, qu'elle trouve chez elle en train de filer, a été la première à s'apercevoir qu'elle voyait, car elle lui a dit : « Attention ! la laine tombe de votre quenouille ! — Comment, Dame, vous voyez donc ? — Oui, je vois, par la grâce de Dieu et du seigneur Louis. » Et voilà Lucie qui désormais commence à revoir les gens, son époux, sa fille, et sa vue s'affermit de mieux en mieux, si bien qu'un jour, au moment où l'archevêque lui montre son anneau, lui demandant de quelle couleur c'est, elle a répondu sans hésiter : « vert » ; et en effet c'était une émeraude. Et encore on lui a montré diverses monnaies et elle a très bien discerné celle de Tours de celle de Paris. Sa fille Ameline qui avait l'habitude de la conduire atteste aussi le miracle ; et de même son époux, qui lui aussi est un Anglais, Robert, qu'on appelle Rousseau. Il semble qu'il y ait eu beaucoup d'émigrés anglais à Saint-Denis en cette seconde moitié du XIIIe siècle. Le miracle est attesté aussi par un autre Anglais qui, lui, se nomme Henry ; il était le domestique et l'aide de Robert, mangeait à leur table et il les voyait bien, Robert mettant le pain dans la main de Lucie, lui mettant aussi la coupe en main pour qu'elle boive... Elle avait essayé inutilement de se laver les yeux avec du vin blanc au moment où a commencé sa cécité ; après qu'elle eut été guérie, un jour, le domestique, voulant l'éprouver, a enlevé de table le plateau sur lequel était la viande et aussitôt Lucie de dire : « Que faites-vous ? Pourquoi enlevez-vous ce plateau ? » Il lui a alors demandé : « Qu'est-ce donc ? Est-ce que vous voyez ? » Elle lui a répondu que oui, et lui a décrit comment il était habillé, etc. De même atteste sa guérison Jeanne la Cherière, veuve de Pierre l'Orfèvre, qui évoque aussi quelques guérisons comme celle de Gille, femme de Pierre le Boucher, dont les jambes étaient paralysées et qui a recouvré la santé et l'usage de ses jambes au tombeau de Saint Louis. Et encore Michel Noyer, originaire de Coutances.

Guillaume de Saint-Pathus raconte ainsi soixante-cinq faits miraculeux qui se sont produits sur le tombeau de messire Louis, roi de France. Quelques-uns concernent des personnages importants comme ce chanoine de Paris nommé Dudes, qui était à la fois clerc et médecin, et qui avait fait partie de l'expédition de Tunis. Il avait assisté aux obsèques solennelles du roi de France et, le lendemain de la Pentecôte, s'étant rendu à Saint-Germain-en-Laye, il avait été soudain saisi d'une fièvre violente, de frissons et de troubles si graves qu'on considérait qu'il avait perdu le sens. Durant la nuit, réunissant ce qui lui restait de force et de conscience, Dudes avait invoqué le roi ; là-dessus, tombant dans le sommeil, il avait cru le voir à Saint-Denis devant le tombeau ouvert, vêtu d'une dalmatique blanche, la couronne sur la tête, le sceptre en main. Le roi lui avait reproché de n'avoir pas exécuté le vœu qu'il avait fait lors de la croisade, de s'arrêter en l'église Saint-Nicolas de Bari à son retour. Il lui avait prescrit d'envoyer tout au moins une offrande, pour ne pas manquer à son vœu. Or, une fois éveillé, le lendemain matin, Dudes se sentait guéri ; peu à peu, reprenant ses forces, il démontrait à son entourage que la santé lui était rendue en mangeant du poulet qu'on hésitait à lui servir. Il alla passer toute une nuit en prières sur le tombeau de celui dont il considéra dès lors que son intercession l'avait ramené à la vie.

Mais surtout, les miraculés du roi Louis sont ces petites gens qu'il aimait et qui savaient que pour eux le roi représentait une droite justice, un recours toujours présent.

A qui se pourrons mais les pauvres gens clamer
Quand le bon roi est mort qui tant les sut aimer.

C'est cette affluence populaire, ce sont ces regrets universels, montés du peuple, au bourg de Saint-Denis et partout ailleurs en France qui, très tôt après la mort du roi, déclenchent le processus de canonisation ; celui-ci, on le sait, a commencé à se fixer et à comporter des étapes précises durant ce XIIIe siècle. On a constaté le renom de sainteté de Louis dès sa première expédition en Terre sainte : « Nous voudrions voir le Saint Roi », demandent des Arméniens, venus en pèlerinage à Jérusalem. Et Joinville qui se trouve là les conduit vers le pavillon — la tente royale — après avoir prévenu le roi, tout en précisant que lui-même n'est pas autrement pressé de baiser ses reliques !

Le roi est alors dans la quarantaine ; il a fait la preuve de son courage, de sa valeur personnelle, et aussi de son dévouement à son peuple lors de la terrible débâcle de l'armée en Égypte. Sa conduite a partout, au cours de telles épreuves, excité l'admiration, celle des Sarrasins eux-mêmes « qui disaient au roi lorsqu'il demeurait imperturbable face à leurs mauvais traitements : " Ce que nous admirons par-dessus tout, c'est que vous êtes notre prisonnier et notre esclave, et que nous vous trouvons tel, et tels vous nous considérez, que si c'était vous qui nous teniez en prison. " » C'est un témoin, Guillaume de Chartres, qui nous le rapporte, tandis que Geoffroy de Beaulieu attestera lui aussi : « Les Sarrasins eux-mêmes le tenaient pour très saint, très loyal et très sage. »

Ce renom de sainteté, d'abord senti par des étrangers, s'est partout répandu au cours des seize années qui ont suivi, depuis son retour de Terre sainte en 1254 jusqu'à sa mort.

La nouvelle de cette mort allait émouvoir la chrétienté entière, au point que ce fut l'une des premières préoccupations de son représentant — le pape enfin élu à Viterbe après la vacance évoquée plus haut du Siège apostolique — Tebaldo Visconti, que d'entreprendre son procès de canonisation. Le pape nouvellement élu se trouvait alors en Terre sainte et il n'était pas encore consacré que déjà il s'adressait au dominicain Geoffroy de Beaulieu, celui-là même qui avait assisté Louis IX à ses derniers moments, pour entreprendre la première enquête ; la lettre de celui qui allait prendre le nom de Grégoire X est datée en effet du 4 mars 1272. Tandis que Geoffroy de Beaulieu commençait le récit de la vie et de la mort du roi, attestant ses vertus, une première enquête était menée dès 1273 par le cardinal de Sainte-Cécile, légat du pape, nommé Simon de Brie. C'était un franciscain, né dans le Sénonais, et bien placé, car il avait été garde des Sceaux du roi Louis IX.

A l'époque, le corps du roi, ou plutôt ses ossements, sont toujours placés sous une simple dalle de pierre que d'ailleurs Saint Louis avait réclamée lui-même comme marque d'humilité ; elle se trouve à la croisée du transept de Saint-Denis derrière l'autel dédié à la Sainte-Trinité qui devait subsister là, jusqu'en l'an 1610 ; on le supprima lors du couronnement de la reine Marie de Médicis (la dernière reine de France, rappelons-le incidemment, qui ait été couronnée).

Mais, dès la fin de l'année 1271, se dressait au-dessus de la tombe la « table » ou, comme le disent les textes, le « tabernacle de fust », de bois, porté sur quatre petits piliers de deux pieds de haut (soixante centimètres ou environ) sur lesquels, on l'a vu, la petite Mabillete s'appuyait pour se dresser. On a aussi le témoignage d'une femme nommée Marguerite qui, en 1274, s'étendit de tout son long à même la tombe et donc sous le « tabernacle ».

Il ne s'agissait encore que d'une enquête préliminaire sur la qualité de la vie du roi et la pratique des vertus chrétiennes qui l'avaient marquée. On sait comment les souverains pontifes allaient se succéder durant les années qui viennent ensuite, aucun d'entre eux n'ayant pu mener à bien le procès de canonisation ainsi entrepris. Il y eut successivement Innocent V qui ne fut pape que cinq mois, du 21 janvier au 22 juin 1276, Adrien V, dont le pontificat, lui, ne dure que cinq semaines, entre le 11 juillet et le 18 août de cette même année 1276 ; Jean XXI qui demeure environ quinze mois ; Nicolas III, un peu moins de trois ans ; ce dernier pourtant eut le temps d'engager la première enquête sur les miracles. Elle fut conduite encore par le cardinal Simon de Brie ; c'est lui qui par la suite devait être désigné comme le pape Martin IV en 1281. Sous son pontificat eut lieu la seconde enquête officielle, ayant pour objet expressément la vie et les miracles de Louis de France. Elle est confiée à l'archevêque de Rouen et aux évêques d'Auxerre et de Spolète, devant lesquels sont interrogés les témoins dont nous avons parlé précédemment ; il y en eut 38 qui déposèrent sur la vie du roi, le plus célèbre étant évidemment Jean de Joinville, son compagnon et ami, et 330 qui furent, eux, interrogés sur les miracles accomplis sur la tombe du roi. Malheureusement ne subsistent que quelques fragments de cette enquête dont les originaux avaient été remis à frère Guillaume de Saint-Pathus, le confesseur de la reine Marguerite de 1277 à 1295 — un Cordelier du couvent de Paris qui écrivit cette œuvre, source précieuse pour les historiens, qu'il a intitulée *La Vie de Monseigneur Saint Louis, jadis roi de France.* Il a utilisé de très près l'enquête de 1282, comme les quelques fragments conservés par ailleurs permettent de le vérifier. Malheureusement, une fois son travail accompli, il remit l'original de cette enquête au couvent des Frères mineurs de Paris. Or, celui-ci devait être ravagé par un incendie dans la nuit du 19 novembre 1580. Les originaux de l'enquête y furent brûlés. Les fragments publiés de nos jours par Delaborde proviennent de copies du XIIIe siècle, déposées aux Archives vaticanes.

Un autre Frère mineur a pris une part active à l'ensemble du procès de Saint Louis. Il s'agit de frère Jean de Samois qui pendant quelque vingt ans s'est consacré au procès de canonisation. Il participe aux deux enquêtes officielles, se rend plusieurs fois en cour de Rome et finalement il assiste à la canonisation du roi que proclame la bulle *Gloria Laus* du pape Boniface VIII, le 6 août 1297. Avant lui, le pape Honorius IV (1285-1287) s'était fait lire les enquêtes et il est probable que seule sa mort prématurée a retardé d'une dizaine d'années la proclamation de sainteté du roi, deux ans après la mort de son épouse, Marguerite de Provence. Joinville, lui, y assistait, et c'est lui qui nous précise que frère Jean de Samois eut l'honneur de prononcer en l'abbaye royale de Saint-Denis, le 25 août 1298, le sermon solennel.

Ce fut la plus belle et la plus somptueuse des fêtes organisées en l'honneur du nouveau saint, celle de ce 25 août 1298. Après le sermon prononcé à Saint-Denis par Jean de Samois (il était alors devenu évêque de Rennes et allait être nommé à l'évêché de Lisieux l'année suivante), on allait procéder à la levée du corps et à sa translation solennelle à la Sainte-Chapelle. Deux cérémonies auxquelles assistait le roi lui-même, Philippe le Bel, et que présidait l'archevêque de Sens, Étienne Becquart. Une fois de plus une immense procession entourait les ossements du roi, au milieu d'une affluence populaire sans précédent : on dut démolir cinquante et une boutiques ou maisons afin de dégager la place et de permettre la circulation du cortège ; pour indemniser ceux, propriétaires ou marchands, qui avaient été ainsi lésés, on dépensa une somme, soigneusement consignée, de 255 livres 23 sous 6 deniers parisis ; le roi d'ailleurs n'avait pas lésiné et l'on possède plusieurs quittances des sommes remises à l'officier du palais chargé de l'organisation des fêtes ; il se nommait Geoffroy Coquatrix ; en la circonstance, le total atteint une somme de 15 000 livres, impressionnante pour l'époque.

La *vox populi* pouvait être satisfaite et s'exprimer sans réserve au cours de ces fêtes grandioses. « Grande joie fut et doit être à tout le royaume de France », écrit Joinville ; et après avoir raconté comment lui-même avait jadis déposé devant l'archevêque de Rouen et le même frère Jean de Samois sur « la vie, les œuvres et les miracles du Saint Roi... et ils me tinrent deux jours », ajoute-t-il, il évoque cette journée au lendemain de la Saint-Barthélemy, « à laquelle journée le Saint Corps fut levé ; quand le Saint Corps fut levé, l'archevêque de Reims qui y était alors, et messire Henri de Villars, mon neveu, qui était alors archevêque de Lyon, le portèrent devant, et plusieurs autres, tant archevêques qu'évêques après, que je ne saurais nommer ; il fut porté à l'échafaud que l'on avait établi... Là sermonna, raconte-t-il, frère Jean de Samois et entre les autres grandes actions que notre roi avait faites, il rappela l'une des grandes actions dont je leur avais témoigné par mon serment et que j'avais vue ; et il dit ainsi : " Pour que vous puissiez prévoir que c'était le plus loyal homme qui jamais fut de son temps, je vous veux dire qu'il fut si loyal qu'envers les Sarrasins, il voulut tenir une convention de ce qu'il leur avait promis par sa simple parole et s'il eût été ainsi qu'il ne leur eût pas tenu promesse il eût gagné dix mille livres et plus ", et il leur raconta tout le fait ainsi qu'il est ci-devant écrit. Et quand il leur eut raconté le fait il dit ainsi : " Ne pensez pas que je vous mente, que je vois tel homme ici qui m'a témoigné de cette chose par son serment. " »

Grande émotion sans nul doute pour le sire Jean de Joinville qui effectivement assistait à la glorification du roi qui avait été son ami très cher et très admiré. Le sénéchal était alors âgé de soixante-dix-huit ans ; il avait encore bien des années à vivre puisqu'il vécut jusqu'à la veille de Noël, 24 décembre 1317. C'est cinq ans après la cérémonie qu'il allait entreprendre la rédaction de ses *Mémoires,* à la prière de la reine Jeanne de Navarre. En 1309, il offrait un exemplaire à son fils le roi de Navarre, le futur Louis X.

Et il termine ses *Mémoires* en racontant de façon plus personnelle encore comment il installa dans la chapelle du château de Joinville un autel en son honneur à la suite d'un songe qu'il avait fait : « Je le voyais devant ma chapelle à Joinville et il était ainsi qu'il me semblait merveilleusement joyeux et aise de cœur ; et moi-même, ajoute-t-il, j'étais bien aise parce que je le voyais en mon château. » Songe rieur et lumineux comme le roi lui-même :

« Quand je m'éveillai, je me mis à penser, et il me semblait qu'il plaisait à Dieu et à lui que je l'hébergeasse en ma chapelle ; et ainsi ai-je fait, car je lui ai établi un autel en l'honneur de Dieu et de lui, là où on chantera à jamais en l'honneur de lui, et il y a une rente établie perpétuellement pour ce faire. »

Il termine en exprimant le souhait que le roi Louis lui envoie quelques reliques de son arrière-grand-père qu'il pourrait installer dans cette chapelle Saint-Laurent de Joinville « pour que ceux qui viendront à son autel y eussent plus grande dévotion ».

Ce qui nous ramène aux diverses cérémonies instituées en l'honneur du saint roi, parmi lesquelles la répartition de ses reliques a tenu une grande place. Après la cérémonie de « translation » à la Sainte-Chapelle, en effet, les ossements avaient été ramenés à Saint-Denis ; et c'est le 17 mai 1308 qu'eurent lieu les répartitions de reliques, comme l'atteste une liste conservée aux Archives nationales sous la cote AE II 1710 et qui s'exprime en toute simplicité, dans ce parfait dédain du bon et du mauvais goût qui distingue l'époque. Nous avons eu ailleurs l'occasion de citer ce témoignage ; il commence par une mention sur laquelle il faut s'arrêter un instant : « la chapelle le roi à Paris, le chef ». En effet, dans le partage qui eut lieu ce même jour, était compris le chef, c'est-à-dire le crâne, du moins sa plus grande partie, demeurée à la Sainte-Chapelle dans un magnifique reliquaire qui avait été placé dans le trésor ; il avait été exécuté par l'orfèvre parisien Guillaume Julien qui, pour ce faire, s'était installé au palais même de la Cité, sur l'ordre de Philippe le Bel. Son atelier habituel était sur le Grand-Pont. Son travail était terminé dès la date de 1301, mais le chef fut solennellement placé à la Sainte-Chapelle à la date donnée de 1306. Et ce même jour, 17 mai 1306, des indulgences furent octroyées à tous ceux qui viendraient vénérer la relique dans la chapelle royale, comme l'atteste aussi un document, admirablement conservé celui-là, avec quatorze sceaux sur les vingt et un représentant les principaux archevêques et évêques de France qui assistaient à la translation du chef. Il ne reste de ce somptueux reliquaire qu'une minuscule foliole émaillée de vert, conservée à la Bibliothèque nationale, au Cabinet des médailles. Mais des dessins en avaient été faits, notamment pour l'édition de Joinville qui avait été publiée par Du Cange en 1668. Si bien qu'on peut imaginer la beauté de l'ensemble grâce aux dessins et à cette note de couleur qui aura seule survécu à la destruction de l'époque révolutionnaire.

Plus tard, Viollet-le-Duc, lors de la restauration de la Sainte-Chapelle, allait faire remonter le crâne de Saint Louis dans un autre reliquaire exécuté sur ses dessins par l'orfèvre Chertier, en bois lamé d'argent ; on peut le voir encore au trésor de Notre-Dame de Paris.

Mais quelques autres reliquaires subsistent, qui donnent la plus haute idée de ces trésors d'art suscités à l'époque par la vénération des restes de saints personnages ; le trésor de l'abbaye de Saint-Denis a malheureusement été pillé à la Révolution, si bien qu'on ne connaît plus que par une gravure le reliquaire de la mâchoire ; on y voyait figurés le roi Philippe le Hardi, son fils Philippe le Bel, l'abbé de Saint-Denis et un donateur nommé Gilles ; il est reproduit dans l'*Histoire de l'abbaye de Saint-Denis* due à Dom Félibien, parue en 1706. En revanche subsistent deux de ces reliquaires anciens qui furent montrés lors des expositions organisées successivement en 1960, puis en 1970, par la direction des Archives de France, à la Sainte-Chapelle, puis à la grande salle du Palais : ainsi cette châsse d'émail champlevé qui contient sept os du métacarpe — donc de la main de Saint Louis — et qui fut donnée à la bastide de la Montjoie-Saint-Louis fondée par Philippe le Bel. Elle affecte, comme beaucoup de ces reliquaires du XIIIe siècle, la forme d'une petite maison dont le toit et les murs s'ornent de médaillons circulaires avec des anges entourés de rinceaux et de médaillons ; et elle se trouve toujours conservée dans la belle église de la Montjoie (Lot-et-Garonne). Plus encore, le château de Castelnau-de-Bretenoux, sur la commune de Prudhomat dans le Lot, conserve un bras, le bras droit de Saint Louis, et son reliquaire, comme il arriva souvent, affecte la forme même du bras et de la main, trois doigts levés, l'index replié sur le pouce. C'est une pièce splendide, la main en or sur un bras d'argent ; la tradition veut que cette relique insigne ait été rapportée d' Afrique par le sire de Castelnau, écuyer de Louis IX, qui l'avait accompagné à Tunis ; en fait elle a dû lui être envoyée lors de la répartition des reliques ; la main dressée sort d'une manche ornée de galons de cuivre doré, tandis que dans l'épaisseur du bras est pratiquée une petite ouverture grillagée permettant de voir les reliques, entre deux plis, un troisième étant mieux marqué par un beau cordon orné de verroteries et de perles. Des rosaces, des fleurs de lys s'inscrivent sur l'ensemble qui constitue un magnifique spécimen de l'art des orfèvres du XIVe siècle.

D'autres merveilles d'art sont nées du culte de ce nouveau saint dont le pays tout entier, du nord au midi, pouvait se glorifier. Le premier semble bien être cette plaque limousine qui est exactement datée de 1307 et nous offre par conséquent la plus ancienne figure du roi en tant que saint : celle du clerc Guy de Meyjos qui, sur un fond de cuivre émaillé à décor de rosaces, détache en relief les deux silhouettes, celle du clerc agenouillé et celle de Saint Louis debout, vêtu du manteau fleurdelisé ; le tout accompagné d'une inscription en lettres rouges, précisant le nom de celui qui est enseveli et la date de sa sépulture. Elle est aujourd'hui conservée parmi les objets d'art du musée du Louvre.

Ou encore cet autre reliquaire du bras, qui n'en contient que deux petits fragments et semble avoir été fait à la fin du XVe siècle ; il aurait été porté par une statuette de Saint Louis en argent doré, que décrit un inventaire du XVIIe siècle, et fait partie du trésor d'une église de la Somme, à Longpré-les-Corps-Saints qui doit son surnom à l'abondance des reliques, la plupart rapportées par un clerc du XIIIe siècle, Aleaume de Fontaine, lequel a dû faire partie de l'une des expéditions de Saint Louis.

Aussi faut-il mentionner le beau coffret qu'on appelle cassette de Saint Louis, en bois de hêtre recouvert d'étain et ornée de cabochons de cristal et de médaillons gravés sur cuivre ou émaillés ; il contenait des reliques lui aussi — un os du bras, et quelques phalanges de doigts, et surtout le cilice du saint roi. Lors de la répartition des reliques, il aurait été offert à l'abbaye du Lys où il demeura jusqu'à la Révolution. Il fut ensuite transporté à l'église de Dammarie-les-Lys avant de faire partie des trésors d'orfèvrerie versés aussi au musée du Louvre. Quant au cilice qu'il contenait, il a été divisé en plusieurs morceaux que se répartissent plusieurs églises, la cathédrale de Meaux, l'église Saint-Aspais de Melun et aussi de Dammarie-les-Lys, tandis que les églises de Nemours, de Moret, et à Paris le couvent des Cordeliers en gardent chacun quelques parcelles.

L'exposition de 1960 a été l'occasion de réunir ces divers fragments et de constater que l'ensemble formait un cilice de crin et de chanvre, bordé de bandes de toile, avec un orifice pour la tête, tandis que sous les bras des cordons permettaient de le nouer. Le roi le portait à même la peau. Il est bon d'ajouter que ce cilice a été sauvé, sous la Révolution, par un juge nommé Foix qui le cacha pour le conserver. Il le rapporta, après la Restauration, à l'église Saint-Aspais de Melun.

La tombe du roi qui gardait la majeure partie de ses ossements, dans l'abbatiale de Saint-Denis, resta honorée à travers les temps. Le tabernacle de bois fut remplacé entre 1274 et 1282 par une plaque d'argent et d'or. « Ils signèrent la tombe d'une merveilleuse tombe dont l'entaillure était d'œuvres d'or et d'argent et l'ennoblirent de riches matières faites et ordonnées des meilleures œuvres excellentement, que les meilleurs ouvriers du monde firent, si comme l'on croit, et ainsi comme il apparaît à tous », écrit un chroniqueur du temps. On a longtemps attribué cette tombe de Saint Louis à celui qui fut son orfèvre, un nommé Raoul, anobli en 1270, mais, comme le fait remarquer Alain Erlande-Brandenburg, qui a étudié à fond cette question du tombeau de Saint Louis [1], il s'agit là d'une simple présomption qu'aucun document ne vient confirmer. Peut-être peut-on avoir une idée de ce magnifique tombeau d'après les deux tombes plates des enfants de Saint Louis, Blanche, morte à trois ans en 1243, et Jean qui ne vécut que quelques mois en 1248 : de superbes plaques de cuivre dorées et émaillées, entourées d'une bande d'armoiries en émaux de couleur, où, sur un fond orné de rinceaux, se détachent en fort relief les silhouettes de chacun des enfants dont les pieds sont posés, ceux de Blanche sur un lévrier, ceux de Jean sur un lion — au total un magnifique travail d'orfèvrerie qui fut heureusement conservé, les deux enfants ayant été inhumés à Royaumont. Ce sont à peu

1. « Le tombeau de Saint Louis », *Bulletin monumental,* t. CXXVI, 1968-1, p. 11.

près les seuls exemples qui subsistent en France de ces tombes plates qui ont été généralement détruites à la Révolution et envoyées à la fonte : l'art de l'émail, celui de la gravure sur métal, du relief dans le métal avait atteint au XIIIe siècle un degré inégalé.

Un manuscrit des *Chroniques de France* de Guillaume de Nangis, conservé à Baltimore, à la Walters Art Gallery, contient un dessin à la plume relevé de lavis de couleur, qui a été identifié, toujours par Erlande-Brandenburg [1] comme représentant le tombeau de Saint Louis à Saint-Denis. Il s'agit du même genre de tombe plate, sur laquelle le saint, en habits royaux et portant couronne, se détache en relief comme dans les tombes de Royaumont aujourd'hui à Saint-Denis. C'est la seule représentation que nous possédions de cette dalle de métal portée par quatre colonnettes au-dessus de l'ancienne dalle de pierre qui avait recouvert provisoirement les ossements du roi. Après la répartition de ses ossements en 1308, la tombe ne fut plus qu'un cénotaphe, un monument commémoratif, tandis que la plus grande partie des ossements conservés étaient mis dans une châsse déposée derrière le maître-autel de l'abbatiale de Saint-Denis. Cette châsse fut remplacée par Charles V et Charles VI, à la fin du XIVe siècle : elle était en or garni de pierres précieuses, mais lors des malheurs du début du XVe siècle on dut la faire fondre et placer les ossements dans un coffre de bois sculpté. Ensuite, au XVIe siècle, ce fut à nouveau une châsse d'argent doré, ornée d'émaux, mais celle-là a disparu à la Révolution ; on ne sait si la tombe elle-même ne fut pas fondue à cette époque, quelques-uns ont cru qu'elle avait disparu elle aussi lors des troubles du XVe siècle, mais le dessin illustrant les *Chroniques* de Guil-

1. *Bulletin monumental, op. cit.*, manuscrit W 306 f. 304.

laume de Nangis ne date que de 1490 environ et montre la tombe intacte.

Il est d'ailleurs émouvant de constater d'après les documents du temps comment on se tourne vers « Monseigneur Saint Louis » au moment où — conséquence de la folie du roi — la France est ruinée et envahie.

La châsse entreprise par Charles V et terminée par son fils en 1392 avait exigé 250 marcs d'or ; les ducs de Berry et de Bourgogne, lors de la cérémonie de translation des ossements d'une châsse dans l'autre, y ajoutèrent des bijoux personnels ; puis, en 1418, devant les difficultés de la France envahie, l'or de la châsse fournit une somme de 18 000 francs qui vient combler les dettes et les besoins criants du roi ; la troisième châsse, commandée par le cardinal Louis de Bourbon au milieu du XVe siècle, figurait, sur les émaux qui se détachaient sur un fond d'argent doré, les douze pairs de France.

On peut noter, plus poignante encore, la mention qui apparaît dans le décompte du Fonds Leber à Rouen. Le 23 octobre 1422, pour assumer les frais des funérailles du roi Charles VI mort deux jours plus tôt, on décida de mettre en gage divers joyaux et reliques et parmi eux : « la chemise Monseigneur Saint Louis dont il faut une manche, et une pièce de dentelle, et une cédule de parchemin par manière de rôle écrite de la main de Monseigneur Saint Louis des enseignements qu'il envoya à sa sœur ». Ainsi la chemise du roi Louis (elle a été effectivement conservée et fait partie du Trésor de Notre-Dame de Paris, et le détail est toujours exact : il y manque une manche) était mise en gage, ainsi que l'inestimable manuscrit de ses enseignements, de la main même du roi, pour servir aux funérailles du malheureux roi fou dont le fils allait être couronné à Reims sept ans plus tard, grâce à Jeanne d'Arc.

On peut pousser plus loin encore la recherche du souvenir royal dans le domaine artistique. Pourtant bien des témoins en sont irrémédiablement perdus ; ainsi ces « montjoies » de Saint Louis qu'a étudiées l'historien d'art américain Robert Branner ; il y en eut sept élevées sur le chemin de Paris à Saint-Denis et qui subsistèrent jusqu'à la Révolution. Il s'agit, on le sait, de croix dressées pour marquer l'emplacement où le cortège royal avait dû s'arrêter afin de prendre quelque repos. Une seule est aujourd'hui conservée, dans le square qui fait face à l'hôtel de ville de Saint-Denis. Par la suite les cortèges de funérailles royales s'arrêtèrent à chacune des montjoies qui jalonnaient la route ; l'historien de Saint Louis au XVIIe siècle, Le Nain de Tillemont, le mentionne expressément. Mais en dehors de ces émouvants témoignages, les statues de Saint Louis sont innombrables. L'exposition de 1970 pour le septième centenaire de la mort du roi et le colloque qui a suivi ont été l'occasion pourtant de dresser un inventaire auquel trois attachées au service de la documentation des Monuments historiques ont travaillé sous la direction de Pierre-Marie Auzas, depuis inspecteur général des Monuments historiques de France. Statues de pierre ou de bois, vitraux anciens ou modernes, reliefs de marbre ou de métal, tableaux, peintures murales, broderies et tapisseries — c'est un extraordinaire répertoire égrené à travers les églises, les hôpitaux, les musées de nos départements, et qui comporte d'émouvantes réussites, comme l'ensemble des vitraux de Champigny-sur-Veude (Indre-et-Loire), du XVIe siècle, qui narre les divers épisodes de l'histoire du roi, ou comme cette modeste statue de bois de la même époque, si émouvante, que conserve l'église de Pléhérel dans les Côtes-du-Nord.

Inutile de dire qu'il serait vain d'y chercher un « portrait » de Saint Louis au sens où nous l'entendons. En fait, on peut là encore voir dans le temps de Saint Louis et dans sa mort la fin d'un monde ; et cela jusque dans l'expression artistique. En effet, c'est aussitôt après lui que l'on commence à trouver, sculptés dans la pierre ou fixés sur la toile, les traits particuliers d'un personnage ; jusqu'alors l'artiste a toujours cherché à évoquer, à signifier, non à décrire. Par la suite on tendra à rendre les traits individuels, à marquer qu'il s'agit bien de tel personnage, non de tel autre ; à vouloir une ressemblance. Le gisant du roi Philippe III à Saint-Denis passe pour avoir ainsi valeur de portrait. Ce n'est pas absolument prouvé, encore que la statue soit empreinte d'un réalisme certain. Plus encore, le gisant de Philippe le Bel semble reproduire les traits impassibles de celui dont Bernard Saisset disait : « Ce n'est ni un homme, ni une bête, c'est une statue. » Par contre l'iconographie de Saint Louis semble rester dans ce goût d'une évocation au-delà ou en deçà de toute ressemblance, qui caractérise, jusqu'à son temps et y compris, la peinture, la sculpture en général, toute l'expression artistique, insoucieuse du portrait. C'est pourquoi d'ailleurs nous ne pouvons être d'accord avec l'hypothèse parfois émise que la belle statue de Saint Louis conservée dans l'église de Mainneville (Eure) puisse représenter Philippe le Bel et non Saint Louis ! Il suffit, pour écarter Philippe le Bel, de la comparer avec le gisant de Saint-Denis bien caractérisé ; et, par ailleurs, précisément peut-être parce qu'elle ne cherche pas à être un portrait, cette statue évoque admirablement Saint Louis avec ce sourire, cette sorte de joie intérieure, qui donne au visage de pierre une sorte de mobilité, suivant l'angle sous lequel on le regarde, extrêmement surprenante et qui de tout l'ensemble compose une silhouette merveilleusement accordée au personnage. « Jamais je ne vis si beau chevalier », s'écrie Joinville. Plus vraie qu'aucun portrait qui eût recherché l'exactitude, elle restitue d'emblée une personne, celle qui sut si magnifiquement assurer la paix par la justice et ne cessa tout au cours de sa vie de manifester l'enjouement qui frappait ses contemporains. Cette même statue révèle aussi cette sorte de tact inné, de distinction qui faisait que Louis s'adressait à tous, comme l'écrit Guillaume de Saint-Pathus « au pluriel » ; disant *vous,* même à la vieille Sarrette du Faillouël au moment où elle venait de l'injurier ! Il y a dans toute la personne du roi une sorte de réserve, d'attention aux autres, qui transpire réellement de cette évocation sculptée. Autrement dit, un authentique chef-d'œuvre qui mieux qu'un portrait nous restitue la personne du roi.

Au-delà des obsèques royales, au-delà des représentations figurées, il y a cette aura particulière de Saint Louis qui semble dépasser encore celles des autres rois saints, à l'exception peut-être d'une Élisabeth de Hongrie. Saint Louis aura été plus célébré encore, plus pieusement évoqué que ne le fut même son cousin, saint Ferdinand III ; les événements qui allaient après lui se dérouler en France ont donné son plein relief au règne de quarante-quatre ans, marqué d'une telle prospérité, d'un tel éclat, d'un tel renom de charité.

L'hospice des Quinze-Vingts en aura témoigné jusqu'à notre temps. Cette décision de créer un hôpital spécialisé pour les aveugles est inspirée par la plus pure charité ; plus encore, elle est, dans l'ordre de la charité, ce qu'a été la Sainte-Chapelle du point de vue architectural : l'une et l'autre novatrices et, tournées vers la lumière, l'une et l'autre œuvres d'une imagination artistique et humaine que nous apprécions encore mal : le mur-lumière, les soins accordés en toute gratuité à ceux qui ne peuvent voir la lumière — ce sont là des témoignages comme il ne s'en reverra guère par la suite. En tout cas, pas parmi ceux qui ont gouverné la France, quels qu'ils soient. Que d'écrivains, de publicistes de tous ordres se seront ridiculisés en représentant le roi Saint Louis comme une personnalité falote, tout au plus bonne à dire des oraisons ! Dans la création des Quinze-Vingts, comme dans celle de la Sainte-Chapelle, on reconnaît le trait peut-être le plus frappant de celui qui sut *inventer* la solution de son temps — de celui qui, ne disposant pas de port sur la Méditerranée, décide d'en créer un de toutes pièces : et ce fut Aigues-Mortes. Mais pour Saint Louis, comme d'ailleurs pour Louis XI, il aura fallu un historien américain pour nous les faire apprécier. C'est Robert Branner qui a fait remarquer comment les édifices créés en son temps et sous son impulsion portent la marque d'une personne. Et ce « style de cour » qu'il décèle, c'est celui qui correspond à la personne de Louis ; cela va de son merveilleux psautier aux vitraux du mur-lumière ou au magnifique ensemble de Royaumont que la fureur stupide déployée à la Révolution fit détruire avec l'acharnement propre à cette époque aveugle, précisément, pour tenter d'effacer à jamais les témoignages du passé.

« Comme l'écrivain qui a fait son livre l'enlumine d'or et d'azur, le roi enlumina son royaume des belles abbayes qu'il fit et de grandes quantités de maisons-Dieu et de maisons de Prêcheurs, de Cordeliers et des autres religions qui sont ci-devant nommées », écrit Joinville. Il ne nous reste que bien peu de ces « enluminures ». Celles qui demeurent n'en prennent pour nous aujourd'hui, où nos yeux se sont ouverts sur la qualité artistique de ce temps, que plus de prix et d'intérêt. Notre propos n'est pas de traiter d'histoire de l'art ; d'autant plus que nous disposons aujourd'hui de magnifiques ouvrages qui sont de véritables sommes sur le sujet, entre autres celui d'Alain Erlande-Brandenburg, *L'Art gothique* (Mazenod, 1983) ; il traite magistralement de cette « révolution artistique » qui marqua le milieu de notre XIIIe siècle ; mais il est pour nous indispensable de rappeler la part essentielle qu'y a prise le roi Saint Louis. Et nous avons à ce sujet, concordant avec celui de Joinville, le témoignage de Guillaume de Saint-Pathus : « Quand il faisait faire des maisons, ou d'autres bâtiments pour les pauvres, lui-même en sa propre personne allait voir les chantiers lorsqu'on faisait les maisons ; et ordonnait et disposait comment les salles des maisons, les chambres, les officines devaient être faites. » Ainsi, il y a un apport personnel du roi dans cet épanouissement architectural qui caractérise son temps.

« Le Roi est mort, vive le Roi. » La formule par laquelle on annonçait la succession d'un souverain à l'autre peut s'appliquer avec quelque bonheur au renom de Saint Louis. Sa mort marque le début d'une extraordinaire expansion de son renom personnel. Celui qui fut saint, en quelque sorte parce qu'il fut roi : en développant les exigences de sa charge selon celles de l'Évangile, faisant de cette charge avant tout une réponse à l'amour de Dieu pour les hommes — et il sera le dernier de sa lignée à la considérer ainsi —, va jouir après sa mort de cette renommée extraordinaire dont bénéficient les saints authentiques ; on dirait que la postérité les magnifie dans la mesure même où ils se sont refusé quelque importance en ce qui les concerne. Pour Saint Louis, cette renommée a traversé les mers et envahi les continents. Est-ce plus qu'une coïncidence ? Au moment même où nous écrivons, on met la dernière main dans la cité de Saint-Louis, dans le Missouri, à un immense hôpital où seront concentrées toutes les recherches, toutes les découvertes en fait d'ophtalmologie. La capitale du Middle West, celle où se déploie sur le ciel l'arche triomphale due au fameux Saarinen, rappelant que là se rassemblaient les pionniers au départ de la marche vers l'Ouest, renvoie cet écho grandiose à la fondation de l'hôpital des Quinze-Vingts par Saint Louis ; une telle initiative est bien dans la ligne de ce qu'eût souhaité le grand roi ; son nom même restera ainsi lié à un centre de traitement dont se ressentiront d'ici peu les aveugles du monde entier. Une telle réponse de notre temps au XIIIe siècle ne manque pas d'être émouvante.

Mais si Saint Louis, Missouri, se distingue d'aussi lumineuse façon, on peut compter aussi par dizaines les cités vouées à Saint Louis dans l'Ancien et le Nouveau Monde : il y a Saint-Louis du Sénégal et Saint-Louis de la Réunion, Saint-Louis à Marie-Galante, comme San Luis en Argentine, et au Brésil, et San Luis Potosi au Mexique. En France même, en dehors de la Montjoie Saint-Louis déjà nommée, il y a Saint-Louis-lès-Bitche aux confins de l'Alsace, et Port-Saint-Louis-du-Rhône en Méditerranée. Et, mieux encore, où qu'ils aillent à l'étranger, dans chaque capitale, nos compatriotes se retrouvent à Saint-Louis-des-Français, leur paroisse étant traditionnellement placée sous son invocation.

Un roi est mort, un saint est né.

Guide bibliographique

Deux ouvrages, excellents l'un et l'autre, ont été consacrés récemment à Saint Louis :

Jean Richard, *Saint Louis,* Fayard, 1983.

Gérard Sivery, *Saint Louis et son siècle,* Tallandier, 1983.

S'y ajoute l'ouvrage tout à fait remarquable aussi de :

William Chester Jordan, *Louis IX and the challenge of the crusade,* Princeton University Press, 1979.

Chacun de ces ouvrages est pourvu d'une bibliographie très complète. Nous nous contenterons donc d'y renvoyer le lecteur, tout en attirant son attention sur quelques-uns des ouvrages qu'il pourra le plus facilement consulter en fonction du sujet ici traité :

Le Siècle de Saint Louis, Hachette, 1970 (trente-quatre spécialistes y ont étudié chacun l'un des aspects du règne).

Septième Centenaire de la mort de Saint Louis. Actes des Colloques de Royaumont et de Paris. Publié avec le concours du C.N.R.S., Paris, Les Belles Lettres, 1976.

Henry-Paul Eydoux, *Saint Louis et son temps,* Larousse, 1971.

Margaret Wade Labarge, *Saint Louis. The life of Louis IX of France,* Londres, Eyre and Spottiswoode, 1968.

Sur quelques points particuliers :

Robert Branner, *St. Louis and the Court Style in Gothic Architecture,* Londres, 1965.

Alain Erlande-Brandenburg, *L'Art gothique,* Mazenod, 1983.

De ce dernier auteur, « Le tombeau de Saint Louis », dans *Bulletin monumental,* t. CXXVI, 1968, 1, p. 7-36.

Enfin, l'article très complet de Michel Mollat, « Le " passage " de Saint Louis à Tunis. Sa place dans l'histoire des croisades », dans *Revue d'histoire économique et sociale,* 50e vol., nº 3, 1972, p. 289-303.

Josuah Prawer, *Histoire du Royaume latin de Jérusalem,* trad. de l'hébreu, C.N.R.S., Paris, 1975, 2 vol.

Card. Henri de Lubac, *La Postérité spirituelle de Joachim de Flore,* I. *De Joachim à Schelling,* Lethielleux, 1979.

Gordon Leff, *The Dissolution of Medieval Outlook,* New York, 1976.

Les études d'André de Muralt sur Guillaume d'Occam ont paru dans les *Studia philosophica,* Bâle, 1976, et aux Éditions universitaires, Fribourg, 1983.

Voir aussi — sur Charles d'Anjou le petit ouvrage de Jean Maillard, *Charles d'Anjou, roi-trouvère du XIIIe siècle* paru dans les *Musicological Studies and Documents,* nº 18, 1967 ; — sur Philippe II le Hardi l'ouvrage de Charles-V. Langlois ; — sur Philippe le Bel celui de Jean Favier, Fayard, 1978 ; — sur la canonisation du roi l'article de L. Carolus-Barre, « Les Franciscains et le procès de canonisation de Saint Louis », dans *Les Amis de saint François,* nouvelle série, t. XII, nº 1, janv.-fév. 1971 ; — sur les ordres de chevalerie enfin, les ouvrages de Claude Ducourtial.

Rappelons aussi quelques-uns des précédents ouvrages parus sur Saint Louis, celui du duc de Lévis-Mirepoix (qui contient le texte des lettres de Pierre de Condé, Albin Michel, 1970), de Paul Guth (Genève, Édito-Service, 1984), de Jacques Levron (Perrin, 1969).

En ce qui concerne la légende de Saint Louis à Sidi-bou-Saïd, nous attendons l'étude du P. de Meersemann, à paraître prochainement.

Cadre chronologique

	SAINT LOUIS	FRANCE	EUROPE	ORIENT
1265		Saint Thomas : la *Somme théologique.*	*28 juin.* Charles d'Anjou est investi du royaume de Sicile. Naissance de Dante.	
1266			Roger Bacon rédige l'*Opus majus.* Charles d'Anjou entreprend la conquête de la Sicile.	1er séjour des Polo à Pékin. Mort de Hulagu.
1267	*25 mars.* Réunion des barons à Paris pour une nouvelle croisade.	Mort de Béatrice de Provence.	Naissance de Giotto.	
1268	Naissance d'un petit-fils de Saint Louis qui sera Philippe le Bel.		*22 août.* Défaite de Conradin, dernier descendant de Frédéric II, à Tagliacozzo. Il meurt sur l'échafaud.	
1269			Charles Ier installe sa capitale à Naples.	
1270	Naissance de Charles de Valois. *15 mars.* Départ de Paris pour la croisade. *1er juillet.* Embarquement à Aigues-Mortes. Escale à Cagliari.	Mort de Thibaud V de Champagne.	Première condamnation de Siger de Brabant. Départ pour Acre d'Édouard d'Angleterre.	
1270	*17 juillet.* Débarquement à Carthage, prise du château. *3 août.* Mort du prince Jean-Tristan. *25 août.* Mort de Saint Louis ; arrivée de Charles d'Anjou.			

	SAINT LOUIS	FRANCE	EUROPE	ORIENT
1270	*30 octobre-21 novembre.* Convention de Tunis ; rembarquement de l'armée.			
1271	*28 janvier.* Mort d'Isabelle d'Aragon, épouse de Philippe le Hardi. *22 mai.* Inhumation des restes de Saint Louis à Saint-Denis. *20-21 août.* Mort d'Alphose de Poitiers et Jeanne de Toulouse. Philippe III reçoit leur héritage.	*Mai.* Retour de Philippe III à Paris.	*1271-1272.* Charles d'Anjou devient roi d'Albanie. Il s'allie aux Bulgares et aux Serbes. Grégoire X élu pape.	*3 mars-8 avril.* Prise du krak des chevaliers par Baïbars.
1272	*(1272-1275).* Geoffroy de Beaulieu compose son panégyrique de Louis IX.	Retour en Europe et avènement d'Edouard Ier d'Angleterre.		Les Polo repartent de Venise pour la Chine.
1273	Première enquête de canonisation ordonnée par Grégoire X.	Début de la construction de la cathédrale de Limoges (1273-1329).		En Chine, les Mongols prennent Siang-Yang qu'ils assiégeaient depuis cinq ans.
1274		Concile de Lyon : éphémère union des Églises d'Orient et d'Occident. 1re rédaction en français des *Grandes Chroniques de Saint-Denis.* Mort de Robert de Sorbon.	Naissance de Duns Scot. Mort de saint Thomas d'Aquin. Mort de saint Bonaventure. Michel Paléologue reprend l'Albanie à Charles Ier et défait la flotte latine.	
1275		Seconde partie du *Roman de la Rose,* par Jean de Meung.		Établissement d'un archevêché nestorien en Chine. Les Polo en Chine.

CADRE CHRONOLOGIQUE

	SAINT LOUIS	FRANCE	EUROPE	ORIENT
1276			Raymond Lulle fait ouvrir à Montpellier le premier collège de langues orientales pour l'évangélisation de l'Islam.	*1276-1279.* Chute des Song, Kubilay fonde la dynastie des Yuan.
1277			Charles Ier devient roi de Jérusalem et s'assure de Saint-Jean d'Acre.	
1278	Reprise de l'enquête de canonisation sur l'ordre de Nicolas III.		Mort de N. Pisano.	*1278-1279.* Arrivée de deux moines nestoriens d'Orient en Mésopotamie. Chine : interdiction de la propagande musulmane.
1279		Paix d'Amiens entre Philippe III et Édouard Ier d'Angleterre en exécution du Traité de Paris (1259) à propos de l'Agenais.	Fondation de l'université de Coïmbre.	
1280			Mort d'Albert le Grand, maître de saint Thomas d'Aquin.	
1281		Mort de Guillaume de Chartres, biographe de Saint Louis.	Achèvement du baptistère de Florence.	Kubilay échoue dans son attaque contre le Japon.
1282	Deuxième enquête menée à Saint-Denis sur l'ordre de Martin IV.	Début de construction de la cathédrale d'Albi (1282-1480).	*30 mars.* Massacre des Vêpres siciliennes : mainmise aragonaise sur la Sicile.	
1283			La Prusse est convertie par les Chevaliers teutoniques.	

	SAINT LOUIS	FRANCE	EUROPE	ORIENT
1284		Écroulement de la cathédrale de Beauvais. Mort de Roger Bacon.	Soumission du Pays de Galles. Le port de lunettes de verre attesté à Florence.	
1285	Lecture des rapports d'enquêtes à Rome devant Honorius IV.	Mort de Charles d'Anjou. *5 octobre.* Mort de Philippe le Hardi à Perpignan. Avènement de Philippe le Bel.		Prise par les Turcs du château de Marqab. Couronnement à Acre du dernier « roi de Jérusalem », Henri de Chypre.
1289				Kubilay institue un bureau chargé du culte chrétien. Prise de Tripoli par le sultan Qalawun.
1290			Début de la construction de la cathédrale d'Orvieto (1290-1320).	
1291			Début de la construction de la cathédrale d'York (1291-1342).	*18 mai.* Chute de Saint-Jean-d'Acre après le siège mené par le sultan Al-Ashraf.
1294		Philippe le Bel tente d'annexer la Guyenne.	Pierre de Morrone élu pape prend le nom de Célestin V et abdique au bout de quatre mois. Avènement de Boniface VIII.	Chine : conversion au catholicisme romain du nestorien Ongut par Jean de Montecorvino.
1295	*21 décembre.* Mort de Marguerite de Provence.			
1297	*6 août.* Bulle de canonisation promulguée par Boniface VIII.			

CADRE CHRONOLOGIQUE

	SAINT LOUIS	FRANCE	EUROPE	ORIENT
1298	*22 août.* Exhumation du corps de Saint Louis à Saint-Denis.		Première rédaction du livre de Marco Polo.	
1300		Fin du *Roman de la Rose.*		
1301	*Mars.* Philippe le Bel fonde à l'abbaye d'Ourscamp une chapelle en l'honneur de Saint Louis.			
1302	*(1302-1303).* Guillaume de Saint-Pathus rédige sa *Vie de Monseigneur Saint Loys.*	Défaite de la chevalerie française à Courtrai.		
1303		Philippe le Bel est excommunié par Boniface VIII.	Attentat d'Anagni. Mort de Boniface VIII. Dante termine *La Divine Comédie.*	Les Catalans au Proche-Orient.
1304			Naissance de Pétrarque († 1374).	
1306	*17 mai.* Translation du chef de Saint Louis à la Sainte-Chapelle.			
1307		Début de l'affaire des Templiers.		Jean de Montecorvino est évêque de Pékin.
1308	*17 mai.* Partage des reliques de Saint Louis.			
1309	Joinville offre son livre au prince Louis (Louis X).			
1313				Mort de Raymond Lulle à Bougie.

	SAINT LOUIS	FRANCE	EUROPE	ORIENT
1314		Mort de Jacques de Molay, maître du Temple. Mort de Guillaume de Nogaret. Sur l'instigation de sa fille Isabelle, Philippe le Bel accuse ses trois belles-filles d'adultère. Mort de Philippe le Bel.		
1315		Début d'une famine générale en Europe.		
1317		Mort de Joinville.		

Table des illustrations

1. La mort de Louis IX, 1270 *(Grandes Chroniques de France, vers 1420, Toulouse, bibliothèque municipale, cliché Jean Vigne).*
2. Le testament de Saint Louis *(cliché Archives nationales).*
3. Nomination des exécuteurs testamentaires de Saint Louis *(cliché Archives nationales).*
4. Carthage, vue générale *(cliché Régine Pernoud).*
5. Sceau de Philippe le Hardi « à Carthage » *(Archives nationales, cliché Jean Vigne).*
6. Sceau de Philippe le Hardi à son retour en France, après la mort de Saint Louis *(Archives nationales, cliché Jean Vigne).*
7. Départ pour la croisade, XIIIe siècle *(cliché François Garnier).*
8. Un combat de chevaliers *(Bibliothèque nationale, manuscrit, cliché Bibliothèque nationale).*
9. Remise de l'épée, XIIIe siècle. *(Publications filmées d'art et d'histoire, cliché François Garnier).*
10. Cilice de Saint Louis *(Office de documentation par le film).*
11. Enseignement de Saint Louis *(Office de documentation par le film).*
12. Saint Louis en prière devant la Sainte Épine *(Bibliothèque nationale, manuscrit, cliché Hachette).*
13. Sceau de Saint Louis, type dit « de majesté » *(Archives nationales, cliché Jean Vigne).*
14. Sceau de Saint Louis « en son absence » *(Archives nationales, cliché Jean Vigne).*
15. Vie de Saint Denis, châsse de Dagobert *(Bibliothèque nationale, dép. Manuscrits, cliché Publications filmées d'art et d'histoire).*
16. Bréviaire de Paris. Translation de la Couronne d'Épines *(Bibliothèque de Châteauroux, Publications filmées d'art et d'histoire, cliché Louis Falquet).*

SAINT LOUIS

17. Psautier de Saint Louis *(Bibliothèque nationale, dép. Manuscrits, cliché Hachette).*
18. Psautier de Saint Louis. L'enlèvement des filles de Silo *(Bibliothèque nationale, dép. Manuscrits, cliché Publications filmées d'art et d'histoire).*
19. Couronne reliquaire de Saint Louis *(musée du Louvre, cliché Musées nationaux).*

Table des matières

DU MÊME AUTEUR

Les Statuts municipaux de Marseille, édition critique du texte latin du XIIIe siècle, collection des Mémoires et documents historiques publiés sous les auspices de S.A.S. le prince de Monaco, Paris-Monaco, 1949, LXIX-289 p.
Lumière du Moyen Âge, 1946 ; rééd. Grasset-Fasquelle, 1981 ; Livre de poche, 1983. Prix Fémina Vacaresco 1946.
Histoire de la bourgeoisie en France (I. Des origines aux temps modernes ; rééd. 1976-1977 ; coll. Points-Histoire, 1981.
Vie et mort de Jeanne d'Arc (les témoignages du Procès de réhabilitation 1450-1456), Hachette, 1953, 300 p. ; éd. Livre de poche, 1955 ; rééd. Marabout, 1982.
Jeanne d'Arc par elle-même et par ses témoins, éd. du Seuil, 1962, 334 p. ; rééd. Livre de Vie, 1975.
Jeanne devant les Cauchons, éd. du Seuil, 1970, 128 p.
8 mai 1429. La libération d'Orléans, Gallimard, coll. « Trente journées qui ont fait la France », 1969, 340 p.
Les Croisades, Julliard, coll. Il y a toujours un reporter, dirigée par Georges Pernoud, 1960, 322 p.
Les Gaulois, éd. du Seuil, 1957 ; album, 1979.
Jeanne d'Arc, éd. du Seuil, 1959 ; album, 1981.
Les Croisés, Hachette, 1959, 318 p. ; rééd. *Les Hommes de la croisade,* Tallandier, 1979 ; Fayard-Tallandier, 1982.
Aliénor d'Aquitaine, Albin Michel, 1965, 295 p. ; Livre de poche, 1983.
Héloïse et Abélard, Albin Michel, 1970, 304 p. ; Livre de poche, 1980.
La Reine Blanche, Albin Michel, 1972, 368 p. ; Livre de poche, 1984.
Les Templiers, P.U.F., 1974, rééd. 1977 ; coll. « Que sais-je ? » nº 1957.
Pour en finir avec le Moyen Âge, éd. du Seuil, 1977, 162 p. ; rééd. Points-Histoire, 1979.
Sources et clefs de l'art roman, avec Madeleine Pernoud, 220 p., Berg International, 1980.
Jeanne d'Arc, P.U.F. coll. « Que sais je ? » nº 211, 1981.
Le Tour de France médiéval, avec Georges Pernoud, éd. Stock, 452 p. 1982.
La Femme au temps des cathédrales, éd. Stock, 306 p. ; rééd. Livre de poche, 1983.
Le Moyen Âge raconté à mes neveux, 216 p., 1983.
La Plume et le parchemin, avec Jean Vigne, Denoël, 1983.
Les Saints au Moyen Âge, Plon, 1984.

L'Homme et l'Événement

Collection dirigée par Ivan Cloulas

Des événements qui mettent les hommes face à face avec leur destin et qui scellent en même temps le devenir d'une multitude : tels sont les moments clés de l'histoire qu'illustre la collection l'Homme et l'Événement.

Des récits originaux d'historiens ou d'essayistes évoquent ces instants de risque au cours desquels l'aventure personnelle et la décision d'un individu pèsent sur une évolution collective, à l'échelle d'un peuple ou d'une civilisation.

Antiquité, Moyen Age, Temps modernes et contemporains fournissent tour à tour, pour le plaisir et la réflexion du lecteur, des tableaux vivants où se heurtent de façon dramatique, curieuse ou plaisante, le hasard et la nécessité.

A paraître

Robert Turcan, *Héliogabale et le sacre du soleil*
Philippe Masson, *Les Naufrageurs du Lusitania et la guerre de l'ombre*
Ivan Cloulas, *Charles VIII et le mirage italien*
Claude Dulong, *Le Mariage du Roi Soleil et l'équilibre européen*
Bernard Mahieu, *Innocent III et le pouvoir de Dieu*

La composition
et l'impression de ce livre ont été effectuées
par l'imprimerie Aubin à Ligugé
pour les Éditions Albin Michel

AM

Achevé d'imprimer en septembre 1985
N° d'édition 8977. N° d'impression L 20395
Dépôt légal, septembre 1985

Imprimé en France